Aos olhos verdes de um gato preto
Arman Neto

cacha
lote

Aos olhos verdes de um gato preto
Arman Neto

A toda Dona Alcione, Dona Célia
e Seu Itamar espalhados mundo afora.
Em especial, a Dona Yara e ao Seu Chico.

ZÉ ALFREDO	11
COR DE AVELÃ	25
DO LARGO DA PRAINHA À CENTRAL DO BRASIL	37
ENTRE PARÊNTESES	55
BAR DA TÂNIA	75
SUBENREDO	93
DO NADA	101
OLHOS VERDES	119
NEM TUDO O QUE FULGURA É OURO	131
LOST & FOUND	143

The greatest lie ever told about love is that it sets you free.
On Beauty, Zadie Smith

CAPÍTULO UM
Zé Alfredo

O caos que eclodiu durante a madrugada parecia compor o clímax de algum filme de terror, desses bem clichês. A impressão era de que, a qualquer momento, as trombetas do inferno reverberariam pelas ruas e Lúcifer em pessoa se daria o trabalho de emergir das entranhas do sul profundo apenas com o intuito de tocar o zaralho no plano terrestre. Bem, até que poderia ser isso mesmo, se tudo não passasse de Caio e o seu cagaço de tempestades. Enquanto o céu desabava, ele resolveu desafiar o medo: não fecharia os olhos nem se cobriria com o edredom a cada raio que anunciasse a sua presença. Não teve êxito. Mas à medida que a tormenta se afastava e a calmaria começava a dar as caras, Caio ficava um tanto mais tranquilo. Porém, seu sono já tinha sumido que nem homem que não quer assumir filho.

Depois de rolar pelos quatro cantos da cama, resolveu jogar a toalha e pegou o celular para ver se se distraía. Entretanto, a internet fora embora com o mau tempo. Como não queria gastar seus dados, teria que arrumar outra coisa para fazer. Levantou-se bufando e com uma leve dor de cabeça que começava a surgir por conta do esforço que estava tendo para manter longe o estresse da noite que insistia em dar errado. Abriu a geladeira, pegou uma garrafa d'água e procurou um Dorflex dentro do potinho de remédios que ficava ali pela cozinha. Riu ao se dar conta que essa do potinho era mais uma das heranças oriundas de sua mãe. Ligaria para ela mais tarde.

Jogado no sofá, Caio procurava o que assistir na tevê. Entre um programa de penhores, no qual só o vendedor se dava bem e era repetido à exaustão, e outro com jovens ricos viajando pelo mundo como se qualquer pessoa pudesse fazer o mesmo, acabou optando por uma pornochanchada que passava num canal brasileiro da televisão a cabo. Depois de uns trinta minutos, Caio começara a se sentir constrangido por estar gostando do que assistia. Pegou o controle para descobrir o nome do filme. E mesmo sem ter ninguém por perto para saber o que fazia, muito menos por não fazer ideia se tinha por que, sentiu uma vergonha imensa. Cruzou os braços, cobriu os olhos com a mão e balançando a cabeça de um lado para o outro, sentiu o rosto ser preenchido por uma sensação oca e semigelada que o pressionava por trás dos olhos e o fazia sentir por todo o crânio aquele conservadorismo irracional e digno de uma velha religiosa de cidade pequena. Decepcionado consigo mesmo, preferiu trocar a película pela leitura da vez com a intenção – mesmo que não admitida – de esquecer para sempre aquela cena recém protagonizada. O livro em questão era indicação da mãe, amante incorrigível da literatura, que não entendia como o filho, professor de inglês e pretenso tradutor, não tinha saco algum para a leitura. Estava tentando mudar, é verdade, mas temia não estar progredindo.

A chuva havia ido embora de vez e por mais fechado que o céu estivesse, o dia já tinha raiado. Como não conseguiu tirar nem um cochilo, Caio desligou os alarmes do celular. Já bastava o cansaço, não precisava se irritar com aquela barulheira que sempre o fazia levantar de mau humor. Desorganizado feito a seleção brasileira responsável pelo maldito sete a um, só se deu conta de que não tinha nada para comer em casa quando a fome começou a gritar pelo seu nome. Caçou as chaves e pegou a primeira camisa que achou pelo chão. Em menos de cinco minutos já se encontrava no térreo do prédio batendo aquela palestra corriqueira com o Jeremias, o porteiro.

Jeremias é um dos vários exemplares do que podemos chamar de cidadão comum deste vasto e versátil catálogo de gente que é o Brasil. Ao lermos a sua biografia, não há surpresa alguma nos aguardando. Nordestino, veio do Ceará para o Rio de Janeiro ainda moleque para tentar fazer a vida. Hoje, aos cinquenta e quatro anos, embora numa situação bem melhor do que a que tinha quando ainda possuía o vigor dos poucos anos nas costas, e mesmo com o corpo pedindo arrego, ainda precisa bater ponto diariamente para manter o pouco que conquistou nesses trinta e nove anos. Enquanto a mãe era viva, mandava um dinheirinho para casa, para ajudar nas despesas. O que durou por volta de uns seis anos. Durante um bom tempo, morou em um quartinho ali pelo Catumbi. Pagava pouco, pois o dono era amigo de seu falecido pai. Fora ele também quem arranjaria o primeiro trabalho de Jeremias na cidade como descarregador de caminhão de um depósito de bebidas. O dinheiro era okay. Dava para Jeremias se manter e ajudar a família. Porém, ele não viera para o Rio com a intenção de se prestar ao trabalho braçal o dia inteiro, fizesse chuva ou sol. Pulou de emprego em emprego. Foi frentista, trabalhou em sacolão, estoque de supermercado, atendente de bar, até que, depois de uns quinze anos em chão fluminense, virou porteiro. Nessa altura do campeonato, sua mãezinha já não estava entre nós – e o coitado do Jeremias nem pode ir ao enterro. Além disso, suas irmãs já tinham formado família. Faltava ele, o que não demoraria muito. Apaixonado por Cida, cortejou a moça até que ela lhe deu uma chance. Depois de algumas cervejas, pastéis e rodas de samba, o casal já tinha certeza de que seria para sempre. Jeremias prometeu e cumpriu: comprou um terreninho para os dois. Só que longe. Lá em Queimados. E era esse o papo preferido dele com Caio, afinal, ele e o rapaz tinham essa cidade dormitório como um laço que os ligavam. E o porteiro o admirava. Novo, bonitão, inteligente, conseguiu subir na vida. Agora morava ali, no meio da Lapa, um dos fervos carioca. A realidade que sonhava para as suas três filhas.

    O que Jeremias não sabia é que a vida de Caio fora muito mais fácil do que a dele. O pai sempre teve uma condição bacana.

Não era rico nem nada, mas era dono do suficiente para dar uma vida mansa ao filho. E foi o que fez. Cursinho de inglês desde moleque, melhores colégios da região e um bom trocado para sair com os amigos sempre que quisesse. Caio só foi saber o que era pegar no batente quando, lá pelos dezenove anos, virou professor no mesmo lugar em que aprendera o *verb to be* há tantos e tantos anos. Mais um resquício de toda a oportunidade que sempre fora jogada em seu colo durante a vida. Tão novo e com a carteira assinada, numa carreira promissora e com direito a ar-condicionado e cafezinho nas pouquíssimas horas de trabalho. Foi justamente por isso, inclusive, e também por levar um jeito danado dando aula e ter um bom conhecimento do idioma com o qual a Beyoncé se vale para completar o seu plano de dominação mundial, que o rapaz decidiu que iria cursar Letras. Parecia-lhe o caminho natural. E assim foi. Hoje, aos vinte e sete anos, dois de formado, a vida vai tomando o seu rumo. Além do cursinho – no qual suas horas de trabalho aumentaram –, também leciona em alguns dos colégios mais famosos de sua cidade natal. O curioso é que, ao contrário do que boa parte dos baixadenses tentam, Caio decidiu se mudar para longe de onde a sua vida – pelo menos a profissional – acontece. Um casal de amigos se mudou para Toronto e para ajudar nas despesas que teriam na vida de imigrantes, colocaram o apartamento para rolo. Como Caio sempre quis morar na capital, ofereceram a ele por um aluguel bem camarada. Ele não pensou nem duas vezes e aceitou a proposta.

Ter uma vitrine sortida de pães à sua frente quando por toda a vida você praticamente só teve três opções para escolher (pão de sal, massa fina ou doce) pode parecer o paraíso à primeira vista, mas depois se torna um pequeno purgatório. Aquele tempo na fila do balcão é o único que você tem para decidir o que vai levar para casa. É apenas pão, mas a pressão da escolha faz parecer que o destino da humanidade está em suas mãos. Tudo o que você quer é que leve a eternidade – ou pelo menos o tempo suficiente – para que se possa resolver a questão antes que chegue a sua vez. E chega. Todos os planos que você tinha em mente para esse momento, assim como o é quando qualquer decisão rápida tem que ser tomada em situações tensas, se mostram frágeis. O corpo balança e, de forma automática, faz tudo como sempre, como se essa fosse uma tradição dificílima a ser quebrada.

"Bom dia, amigo."
"Bom dia."
"O que vai querer?"
"Hmmm... Deixa eu ver... Vou... Vou querer esse pão doce de coco com recheio de queijo mesmo."
"O de sempre, então?", o atendente pergunta sorrindo.
"É...", responde Caio, sem graça. Toda vez que ele vai à padaria é a mesma coisa. Ensaia aquela finta, como se fosse fazer outro movimento, mas sempre acaba fazendo o mesmo pedido. No máximo, com uns pães franceses a mais.

"Mais alguma coisa, amigo?"
"É... Não, não. Só isso mesmo."
"Brigadão então!"
"Valeu."

Escolher o que vai beber geralmente é mais fácil. Como não é nenhum desses viciados em café, é comum optar por um achocolatado ou suco de caixinha – hoje será o de laranja com gominhos, por exemplo. A sua única regra é: refrigerante, nunca antes das onze. O que tenta seguir de maneira rigorosa. Passou no caixa, pagou a conta e fez o caminho de volta ao seu prédio. Mas não sem antes parar em frente a uma banca de jornais. Deu uma olhada nas edições do dia. Nada de novo sob o sol. Alguma novidade sobre a Lava-Jato, notícias sobre futebol e mais um engano policial em uma favela qualquer do Rio. Olhou as capas das revistas procurando alguma coisa que chamasse a sua atenção, mas nada conseguiu, se demorando um pouco mais com as de fofoca.

Já em casa, pegou o celular para ver se tinha alguma mensagem. Nada. Porém, percebeu que o wi-fi ainda estava fora do ar. Decidiu então que não iria se estressar antes da hora. Comeria com calma e depois veria isso. Ainda estava relativamente cedo. Tanto é que nem um amigo tinha dado as caras nos grupos de WhatsApp. Porém, quando o relógio estava marcando quinze para o meio-dia, a paciência, que já estava em falta, começou a se esgotar de vez. Tinha uma tradução para terminar e entregar naquele dia ainda, mas dependia da internet para isso. Resolveu então que depois do almoço iria para alguma dessas cafeterias populares e tentaria resolver a vida por lá.

Apesar de ter um Starbucks mais perto de casa, ali pela Cinelândia, Caio resolveu ir ao que ficava na Gonçalves Dias. Já havia ido lá algumas vezes com amigos que trabalham pelo centro e por isso achou que se sentiria mais à vontade. Chegou por volta das uma e quinze da tarde e pediu um daqueles cafés pomposos que mais parecem milkshakes. Sentou-se e começou a trabalhar. Estava terminando de traduzir um artigo acadêmico que seria submetido a uma publicação estrangeira. Na verdade, precisava mesmo era só fazer a revisão e enviá-lo, mas como não tinha nenhum editor de texto instalado em seu computador e usava um online para tanto, precisava do wi-fi emprestado. Havia prometido a si mesmo que resolveria essa pendenga, mas sempre deixava para depois. Naquele dia, precisou.

Após terminar o trabalho, Caio pediu um pão de queijo e outro *café-shake* para aproveitar um pouco mais o lugar enquanto respondia alguns e-mails atrasados. Inclusive, achava impressionante como a sua caixa de entrada superlotava da noite para o dia. O rapaz deixava para responder uns três e-mails e, no dia seguinte, quando via, já não tinha mais como responder tudo de uma vez. Se sentia preso num círculo vicioso, numa espécie de sala infinita de cartas eletrônicas, na qual quanto mais você respondia, mais chegava. E olha que ele nem trabalhava no corporativo ou em alguma agência de marketing. Foi quando então percebeu a moça que acabara de subir a escada. A bem da verdade, seria impossível não a notar. Além de muito bem-vestida, feito gente minimamente importante que sempre tem alguém cuidando das roupas que irá usar, ela era dona de uma aura que chamava a atenção. Parecia uma modelo bem treinada para se comportar da melhor maneira possível onde quer que estivesse. Parou um instante, olhando atentamente para o salão, como se estivesse à procura de algo ou alguém. Foi quando se virou para onde Caio estava sentado e achou o que procurava, um lugar vazio. Ele, que a observava sem pudor, desviou o rosto de maneira envergonhada. A moça caminhou na direção dele, pedindo licença a todos por quem passava e se sentou ao seu lado enquanto lhe dava um sorriso tão bonito e inesperado que o desmontou. Caio sorriu de volta, mas não sabia por que estava tão sem graça e, por isso, tentou voltar a sua atenção para o computador a fim de se recompor. Mas apesar de mais tranquilo, não conseguia ignorar aquela presença. Toda hora espiava a mulher que estava estranhamente à vontade ao seu lado. Ela parecia desligada, com a cabeça em outro lugar enquanto sorvia o café aos poucos. Quando menos deu por si, Caio havia se perdido no tempo ao admirar aquela criatura de pele alva e cabelo castanho claro que parecia atraí-lo com algum tipo de força magnética. Era culpa daquele sorriso, não teve dúvidas.

Os dois foram trazidos de volta à Terra com o toque escandaloso do celular dela, o que contrastava com toda a finesse que ela ostentava até aquele momento. Parecia outra pessoa, um tanto quanto atrapalhada. Sobretudo por conta dos movimentos exacerbados que ela fizera para atender a ligação. Mas ainda assim havia um ar gracioso nela. Caio só não sabia identificar o que era.

"Alô? Sim, é ela. Não, tudo bem! Estou podendo falar, sim. Ah! Claro que eu posso! Deixa eu pegar alguma coisa para anotar o endereço. Só um instante..."

Vasculhou a bolsa e não achou nada.

"Ééé... Um minutinho..."

Dava para perceber o quanto estava ficando nervosa. Agora já não olhava a bolsa, tirava tudo de dentro. Colocou o telefone no viva-voz e o pôs sobre a mesa. Seu desespero se tornava cada vez mais perceptível. Foi quando ela virou a bolsa sobre a mesa de forma furiosa que Caio resolveu se meter. Abriu a mochila, pegou seu caderno de anotações e ofereceu a ela, que não hesitou nem por um segundo, o tomou da mão dele e gesticulou algo que o rapaz entendeu como "preciso de alguma coisa para escrever urgente!". Esticou a caneta para ela, que pegou com aquele mesmo sorriso de quando acabara de chegar somado à carência de hesitação pós-ligação, enquanto voltava a sua atenção ao telefone.

"Alô? Oi! Desculpa a demora. Me enrolei um pouquinho aqui. Onde mesmo? Hmmm! Sei, sei! Às dez? Perfeito! Muito obrigada! Até sexta! Beijos! Tchau, tchau!"

Ligação encerrada, era hora de comemorar. A excitação dela era tão grande que ela não se fez de rogada. Deu três socos na palma da mão esquerda e terminou o movimento vibrando o punho ao ar, fazendo o sinal da vitória. Se o sorriso dela já era fascinante antes, agora era arrebatador.

"Parece que alguém ganhou o dia", interveio Caio.

"Nossa! Você não tem noção! E muito, mas muito, muito obrigada mesmo! Você salvou legal!"

"Que isso? Não tem de quê! Até mesmo porque não fiz nada demais."

"Como não? Se você não tivesse me ajudado eu teria perdido a chance da minha vida!"

"Uau! Falando assim, vou achar que você ganhou na loteria."

"Nossa! Foi tipo isso mesmo!"

"Sério? Puxa! Que bom então! A propósito, meu nome é Caio", disse sem saber por que, esticando a mão em cumprimento.

"O meu é Luiza", respondeu meio vacilante. "Por favor, me dá um abraço! Eu tô muito nervosa!"

Luiza e Caio conversaram por apenas mais uns cinco minutos. Ela mal se continha em si. Se despediu dele às pressas, disse que precisava contar a tão aguardada novidade para alguns amigos. Pelo menos foi essa a desculpa que deu a ele. Caio não muito depois também deixou a cafeteria. Resolveu pôr a sorte em jogo e ir caminhando para casa. Queria passar em algumas lojas do centro só por passar. Queria sentir o gostinho do que é fazer as coisas à toa, sem motivo algum. Por conta disso, deu algumas voltas a esmo até decidir visitar a Livraria Cultura da Senador Dantas. O motivo? Nem mesmo ele sabia. Talvez fosse o subconsciente o lembrando de ligar para a mãe. Mas ele nunca tinha ido lá. Só passado em frente. Era uma boa oportunidade. E foi justo por isso que se espantou com o lugar, muito maior do que acreditava ser. Logo de cara, estantes e estantes de livros em inglês, onde acabou se demorando um pouco. Paul Auster, Paul Beatty... e acabou pegando uma tradução de um dos títulos do Paulo Coelho. Leu o que dizia a contracapa, achou a capa bonita e o colocou debaixo do braço. Após caminhar por alguns corredores fingindo costume e interesse, subiu as escadas e bateu de frente com algo que realmente o fez ficar feliz de ter entrado ali: discos e mais discos de vinil de vários de seus heróis do rock. Até começou a fuçar tudo, ponderando seriamente, mesmo sem ter onde pôr aquelas bolachas para tocar, se levava uma ou outra para casa. Mas quando viu os cento e vinte e nove reais que estavam sendo cobrados pelo mais barato daqueles LPs, preferiu deixar para quando ganhasse na Mega-Sena da virada.

    Assim que colocou os pés para fora da loja, Caio percebeu que teria que ir logo para casa. E sem dúvida alguma, iria precisar apertar o passo. Estava na cara que o pé d'água cairia a qualquer momento. Até pensou em pedir um carro ou pegar um ônibus, mas queria mesmo era andar. Lógico que o medo do tempo o fez balançar, mas a fé que daria tempo estava ali presente. Resolveu encarar.

    Olhava as lojas, olhava as ruas, as pessoas levemente desesperadas para chegar em seus destinos. Os carros, uns atrás dos outros, quase não saiam do lugar. Logo a consternação daquela cena lhe saltou aos olhos. Como era cinza aquela parte da cidade! Prédios sem cores, quase todos os veículos prateados, pessoas em situação de rua se espreitando por cantos impossíveis... A falta de carinho com que aquele lugar era tratado transparecia por todos os lados. Definitivamente, não era esse Rio de Janeiro que estampava as peças publicitárias mundo afora. Menos ainda era o Rio de Janeiro invisível da Zona Oeste ou da Baixada Fluminense. Caio percebia tudo e se espantava com seu desconforto. Viver ali o transformou. Quando ainda morava em Queimados e apenas ia ao Rio vez ou outra, não conhecia a intimidade da cidade. Só via o que era bonito de se ver. Que nem os turistas que acham que aqui é tudo praia, boemia e carnaval. Para quem só conhece o Rio como visita, tudo é Ipanema, Copacabana, Leme e Leblon. Para quem conhece o Rio e faz morada, a margem. Às vezes tão à margem que nem o mínimo lhe é permitido. Que vão para longe, que vão para fora! Que vivam perto dos trilhos, que vivam no alto dos morros! A não ser que você tenha dinheiro, é claro. Ou um pouco de sorte.

Quando deu por si, já estava chegando em casa. Arriscar valera a pena. Deu tudo certo. Não iria se molhar. Já estava andando relaxado, pois fez parte do percurso meio tenso, com medo do tempo, de estragar o livro novo, as coisas na mochila e o computador. Estava despreocupado, quando um monte de saco de lixo na calçada desabou ao seu lado enquanto passava e o fez pular. Merda, gritou. Logo começou a gargalhar. Então alguma coisa se mexeu e ele deu outro salto para trás no reflexo. Caralho, gritou de novo. Ainda estava alerta por conta do primeiro susto. Deve ser um rato, pensou. Colocou a mão no peito, deu aquela respirada e foi se acalmando. Já tranquilo, prestando mais atenção ao som ao redor, notou um barulho estranho. Frágil. Baixo. E agudo. Mal durava uma semínima. E se repetia sem regularidade alguma. Curioso e com certo receio, se aproximou do lixo espalhado e mexeu nos sacos com o pé e com desconfiança. Foi quando viu um vulto se mexendo. Devagarinho. Era uma bola de pelo preta, acuada. Caio encarou aqueles olhinhos ao mesmo tempo temerosos e pidões. Cerrou os olhos, se aproximou. Miu, soltou a bola de pelo preta. Frágil. Baixo. E agudo. Caio não resistiu.

Com a mochila nas costas, a sacola da livraria num braço e a bola de pelo preta bem acomodada na palma da mão, Caio entrou em seu prédio, cumprimentou Jeremias, que fez uma careta fofa ao perceber o bichano. Até quis afagar aquela coisinha peluda, mas estava ao telefone com a patroa. Não dava para desligar.

Caio entrou no elevador, apertou o número do seu andar e olhou para seu reflexo no espelho da cabine. Calça jeans, camisa social azul escura, mochila, sacola da livraria na mão esquerda e a bola de pelo preta na mão direita. Abriu um sorriso. Se achou estranhamente bonito. Olhou para o novo ou nova companheira de casa e disse:

"Você deve estar com fome, né? Como é que alguém pode fazer uma maldade dessa com uma coisinha tão bonitinha como você?"

O elevador parou e em poucos passos Caio já estava em frente ao seu apê. Tirou uma das alças da mochila e a deixou deslizar para frente do corpo enquanto caçava as chaves. Precisou pendurar a sacola na maçaneta da porta, pois aquela virou uma missão impossível. Quando finalmente entrou em casa, colocou a sacola em cima do armário, largou a mochila pelo chão e balbuciou para o gato: vou te deixar aqui um instantinho e ver alguma coisa pra você comer, tá? Colocou a bola de pelo preta em cima da cadeira mais próxima e foi até a geladeira pegar o pouco de leite que ainda tinha. Ao procurar algo que pudesse servir de recipiente, se lembrou que havia jogado um pote de achocolatado em pó no lixo. A tampa dele quebraria esse galho. A lavou, despejou o leite, colocou no chão e pôs o gato em frente, que ficou ali cambaleante, cheio de tremelique. Caio até se preocupou, mas logo, logo a coisinha se achegou e começou a bebericar. De súbito, teve uma ideia. A mãe costumava usar um pote de sorvete para guardar a ração dos gatos. Ele bem que poderia fazer parecido. Voltou ao lixo e pegou novamente o pote do achocolatado findado. Foi aí que se deu conta de que havia prometido a si mesmo que ligaria para a mãe. Colocou o pote sobre a pia, pegou o celular no bolso, se encostou no armário e clicou no nome da sua mais velha: Dona Alcione. O telefone chamou uma... duas... três... quatro...

"Olha só! Lembrou que tem mãe, é?"

Caio abriu um sorriso largo.

"Como esquecer da senhora, Dona Alcione?"

"Você deve estar de brincadeira comigo. Só pode! Fica dias sem me ligar!"

"Mas é porque a senhora sempre liga."

"Mas é claro que eu ligo! Se não for assim, como vou saber que o senhor está vivo?"

"A senhora usa WhatsApp, mãe."

"Calado! Não é a mesma coisa."

"Claro que é!"

"Olha, menino, se você me ligou para me tirar do sério, deixa eu voltar para minha novela."

Caio riu. É sempre a mesma coisa. Mas ele ama.

"E como é que está a leitura do livro que eu te emprestei?"

"Está andando. Mas sabe como é, né?"

"Você é muito enrolão. Não sei como conseguiu terminar aquela faculdade desse jeito."

"Ah, mãe..."

"Ah, nada!"

"Inclusive, comprei um livro hoje."

"Quê? Deve ser por isso que está chovendo!"

Caio gargalhou.

"Qual você comprou?"

"Ah, um do Paulo Coelho."

"Puta que pariu!", exclamou pausadamente.

"O que foi, mãe?"

"Essa chuva deve ser deus chorando!"
"Como assim?"
"Eu te deixo com um livro de uma menina que escreve bem de verdade e você vem me dizer que gastou dinheiro com um livro do Paulo Coelho? Você só me dá desgosto, moleque!"
Caio gargalhou de novo.
"Ele é tão ruim assim, é?"
"Péssimo!"
"Quem sabe eu não gosto?"
"Bem capaz mesmo. Eu tinha era que te deserdar..."
Mais gargalhadas.
"Mãe, mudando de assunto... Qual era o nome mesmo daquele personagem daquela novela que a senhora gostava muito... O imperador, sei lá..."
"Comendador."
"Isso! Qual era o nome dele mesmo?"
"José Alfredo."
"Isso! José Alfredo!"
"Por que, meu filho?"
"Acabei de pegar um gatinho na rua. A coisa mais linda! Tá ali dormindo do lado do leite..."
"Leite? Vai dar verme no bichinho!"
"Mas era só o que tinha. E vai cair um toró aqui, não tô a fim de caçar ração hoje. Amanhã eu compro."
"Vê se compra mesmo. E tem que levar no veterinário."
"Eu vou. Final de semana. E devo levar aí na Angela. Aqui no Rio deve custar um rim."
"Pelo menos isso você sabe fazer direito."
Caio gargalhou mais uma vez.
"Então, se for macho eu vou chamar de Zé Alfredo."
"Gostei do nome."
"Sabia que iria gostar."
"Já estou amando esse netinho. Vai até fazer você me visitar!"
"Ah, Dona Alcione! Nem vem! Você sabe que eu tô sempre aí."

"Ainda assim é pouco."

"Okay. Eu aceito o seu argumento."

"Bem, meu filho. Sua mãe vai desligar agora. Vou preparar alguma coisa para comer..."

"E pegar um vinho", interrompeu Caio.

"E pegar um vinho...", repetiu a mãe, sorrindo.

"Tá bom, mãe. Até mais! Um beijo."

"Beijo, meu filho. Até sábado. É sábado que você vem, né?"

"Sim. Vou levar o gatinho na Angela e grudar no seu pé o fim de semana inteiro."

"Que que isso, hein? Assim eu gosto!"

"Tchau, mãe. Te amo."

"Também te amo, meu filho."

Caio bloqueou a tela do celular e o pôs em cima do armário. Lembrou do dia, lembrou da Luiza, lembrou da internet que tinha ido embora. Foi ver se já tinha voltado. Voltou. Menos um estresse. Foi até a bola de pelo preta. A pegou e foi a beijando até chegar ao sofá. Será que você é menino ou menina, hein? E foi conferir. Sorriu. E levando aquela coisinha ao ar, feito Rafiki fez com o Simba, disse: esteja batizado, Zé Alfredo!

CAPÍTULO DOIS
Cor de avelã

Beeeeento, ela gritou quando aquele brutamontes começou a arrastá-la. Foi um grito firme e pontual. Chegou até a acreditar que surtiria efeito, mas não adiantou. Fora puxada novamente. Dessa vez, num solavanco. Achou que iria se esborrachar rua afora, mas com muito custo, manteve-se em pé. Outro puxão. E lá foi ela de novo, mal conseguindo se equilibrar. Pisou em falso em um paralelepípedo mal assentado e foi por pouco que não beijou o chão. Meses atrás, se lhe dissessem que esse relacionamento seria marcado por esse tipo de violência, ela jamais acreditaria. Bento era o ser mais fofo e carinhoso do mundo. Só que agora ela estava ali, passando aquele sufoco, tendo que lutar pela sua integridade física – até mesmo porque a sua dignidade já tinha ido para o beleléu. O pior de tudo é que Bento estava se divertindo. Quanto mais ela resistia, mais força ele fazia. Ela já não aguentava. E quase chorando, suplicou: Bento, por favor, Bento! Para! Eu já estou no meu limite! Você vai me machucar desse jeito! Ele parou. Olhou fixamente para ela sem esboçar sentimento algum. Até que pulou de um lado para o outro antes de correr, todo estabanado, para cima dela. Ela, claro, amoleceu e esqueceu de todo o sofrimento que acabara de passar. Você às vezes é um menino muito mau, Bento! Muito mau! Mas você sabe que mamãe te ama, né? E começou a apertar e beijar aquele cachorro que não tinha noção alguma do estrago que era capaz de fazer.

O caminho restante ainda seria percorrido com alguma dificuldade, mas Bento já não estava dando tanto trabalho. Tudo o que aquele pedaço de força bruta queria era fuxicar os cantos da rua, as sacolas com lixo presas nos portões etc. Aquela empolgação típica de todo ser canino domesticado que quando sai de casa, se sente num parque de diversões. Tudo o que Mara precisava era segurar firme a correia e tentar impor alguma moral. Deu mais ou menos certo. Ela chegou à clínica veterinária como se tivesse terminado a primeira maratona que fizera na vida, mas chegou. Agora o desafio seria outro: pôr o Bento na balança para descobrir quantas toneladas ele estava pesando. Pelo menos teria ajuda. A Catarina, recepcionista da Veterinária Quati, já conhecia mãe e filho. Logo que passaram pelo portão, já fora ao encontro dos dois. E o que a prática não faz, não é mesmo? Catarina sabia muito bem como lidar com aquele labrador gordo que não parava quieto.

"Ô, coisa linda! Você voltou, é? Estava com saudades da gente? A gente tava com saudades de você. Vem cá, vem cá! Vamos ver o quão gordinho você está!"

Era impressionante. Talvez fosse até mágica. Catarina conseguia fazer com que o Bento a obedecesse sem esforço algum enquanto ela mesma suava um bocado para fazer com que isso acontecesse. Peso do Bento conferido, agora era esperar.

Ao entrar na clínica, Mara optou por se sentar o mais distante possível do rapaz que ali já aguardava a sua vez. Queria evitar conversa fiada, coisa que não saiu como planejado graças ao Bento, que não parava de fuçar e rosnar para o gato dentro da caixa de transporte que estava com ele.

"Para, Bento! Vem aqui...!", disse semibaixinho enquanto tentava trazê-lo para perto de si. Como era de se esperar, Bento não a obedeceu. E para piorar, começou a latir feito um Cérbero para o gato que, debochado como todo gato que sabe que não corre perigo algum, se mantinha tranquilo e sonolento dentro daquele abrigo de plástico.

"Bento, seu filho da mãe! Para!", disse dessa vez com certa raiva, puxando-o com mais empenho. O rapaz sorria diante daquela cena. Apesar do susto inicial, não esboçava grandes preocupações.

"Menino levado."

"Ô..."

"Qual a idade dele?"

"Pouco mais de um ano."

"Bonito!"

"Agradecemos", disse com secura. Era óbvio que ela não queria conversa. Mas seu companheiro de espera não parecia muito aí para isso.

"Labrador puro?"

"Sim."

"Deu pra ver! Bonito demais. Você é bonito demais, Bento! Bonitão!", disse enquanto afagava abaixo da orelha daquele monstro, que parecia estar gostando do carinho. Mara o olhava com certa suspeita, devido à intimidade instantânea que ele criou com o seu cachorro.

"Ele te dá muito trabalho ou só apronta de vez em quando?"

"Quem me dera fosse só de vez em quando!", praguejou.

O rapaz riu.

"Daqui a pouco ele fica mais calmo. Ainda tá crescendo."

"Tomara! Pois esse bicho me cansa demais!", disse, percebendo que sem querer estava dando corda para o papo continuar.

"Sinal de que esse meninão anda cheio de saúde!"

"Pelo menos isso! E ela? Como se chama?", perguntou, já resignada.

"É ele! Zé Alfredo!", disse empolgado, colocando o transporte no colo para Mara enxergá-lo melhor.

"Esbarrei com ele na rua certa vez, num dia que iria cair o maior toró, e não resisti. Principalmente quando vi que ele cabia inteirinho na minha mão."

"Oi, Zé Alfredo! Que coisinha lindinha você é!", disse Mara, passando o dedo indicador no rosto do gato por meio das frestas do transporte.

De súbito, a veterinária apareceu. E como todo veterinário que se preze, falou com o bicho-paciente e não com o bicho-

—homem: "E aí, Zé Alfredo? Animado para consulta de hoje? Chegou a sua vez! Vamos ver como você está?"
"Opa! Até que enfim!", disse Caio, que se levantou enquanto se despedia de Bento e Mara. "Tchau, Bento! Tchau, moça!"
"Tchau. Tchau, Zé Alfredo!", ela respondeu.

Pouco tempo depois, foi a vez de Bento ser atendido. Tudo certo com os exames. Só faltava mesmo algumas vacinas. Como queria aproveitar o dia para fazer algumas coisas, Mara resolveu pagar um dia de spa animal para o seu trambolho animado. Voltaria em algumas horas para buscá-lo. Saiu da veterinária e foi direto ao banco, que não ficava muito longe dali. Chegando lá, cumprimentou Seu Edivaldo, que estava de serviço, enquanto ia direto ao caixa-eletrônico.

"Bom dia, Seu Edivaldo. Tudo bem com o senhor?"
"Tudo bem, minha filha. Já com saudades deste lugar?"
"Deus me livre, Seu Edivaldo!", e caíram no riso.
Tirou uma nota de cinquenta, duas de vinte e uma de dez. Não sabia se precisaria de dinheiro vivo, mas era melhor garantir já que nem todo mundo em cidade pequena aceita cartão. Saiu do banco e deu um pulo no sacolão que fica em frente. Acordou a fim de comer um gratinado de legumes, faltavam os ingredientes. Entre cenouras, brócolis e pimentões, recebeu uma mensagem do pai perguntando se estava tudo bem com o Bento. Ela disse que sim, e perguntou que horas ele chegaria em Queimados. Em uma hora, uma hora e meia, ele respondeu. Ela perguntou se ele os buscaria, queria comprar umas roupas depois que passasse na lotérica. Claro que sim, disse o pai. Beijo. Beijo.

Ficar em fila é um porre. Principalmente quando faz calor. Até tinha uns ventiladores ligados – potentes, inclusive –, mas o que vinha deles não era um vento fresco. Estava mais para o bafo do diabo. Como teria que atravessar para o outro lado da cidade a fim de ir à loja que gosta, Mara decidiu passar na lotérica que fica bem perto dela, na Praça Nossa Senhora da Conceição. Pequena, sempre abarrotada e feito um forno. Se arrependimento matasse, ela cairia dura ali mesmo, em meio àquela sauna involuntária. O verão no estado do Rio de Janeiro é essa merda. Quando ele não tenta nos afogar com um dilúvio, ele tenta nos assar (caso estejamos dentro de algum lugar) ou nos fritar (caso estejamos fora). Para quem mora perto ou tem fácil acesso às praias e cachoeiras, é uma maravilha. Aqueles que não têm essa sorte, que se virem. Mara, já meio impaciente, tentava adivinhar qual das filas teria o atendimento mais rápido, torcia muito para que fosse a sua. Mas a fila ao lado sempre parece andar num passo mais adiantado. Prestes a chegar a sua vez, o velho clichê: a caixa (afinal, de acordo com estatísticas empíricas, só mulheres parecem ser aptas para essa função em loterias) enrolava no atendimento enquanto o cliente à sua frente se atrapalhava com alguma coisa. Respira, Mara, respira, ela repetia para si, feito um mantra.

    Já a loja que Mara gosta é um achado. Localizada na Queimados Top Center, uma galeria nada sedutora que fica no centro do município, é aconchegante, com atendentes que a fazem se sentir muito querida e acima de tudo, tem um ar-condicionado sempre ligado na temperatura ideal. Impossível não ficar à vontade. E para completar, todas as peças do lugar eram feitas à mão e assinadas pela dona daquele *outlet* que se chamava Veraneio. E embora ela nunca tivesse visto a cara da estilista, tinha certeza ser uma mulher negra, pois tudo o que vestia caia muito bem em seu corpo. O contraste das cores de cada peça com a sua pele era geralmente perfeito. A fazia brilhar mais do que o normal. Ela não tinha dúvidas, sempre que passava pela Veraneio, saia de lá um pouco mais elegante do que entrou. E tentava entender como é que aquela maravilha fora parar ali. Mas não seria ela a reclamar. Um espaço dessa qualidade perto de casa é sempre bem-vindo. A autoestima agradece – o bolso nem tanto.

    Dentre todas as peças que separou, Mara ficou especialmente apaixonada por um vestido preto com estampas coloridas, cheio de flores, aves, olhos e mandalas que a deixou tão bonita quanto a Lupita Nyong'o. Também ficou encantada com outro, alaranjado, que ganhava vida ao se fundir com a sua tez cor de avelã. Certeza que o usaria bastante enquanto o astro solar quisesse mostrar quem manda. Não pensaria muito, levaria os dois. Deu mais uma olhada no que estava à mostra, mas já estava satisfeita. A atendente, esperta que só, lhe mostrou os acessórios novos que acabaram de chegar, pensados para a estação. Ainda não colocamos nas vitrines, estou te mostrando em primeira mão. Mara ficou tentada, mas como a boa administradora que é, cuidava das economias com muito afinco. Soube recusar.

O telefone vibrou, áudio do pai: *tá onde, filha? Acabei de chegar em Queimados. Vamos no Bistrô comer um macarrão?* Tudo o que Mara queria! Respondeu feito pinto no lixo, dizendo que só iria pagar o que comprou e estaria livre. Poderiam se encontrar em frente à galeria mesmo.

Assim que entrou no carro, os acordes iniciais de "Let's Stay Together", do Al Green, haviam acabado de começar. Mara abriu um sorriso. Era impossível não se contagiar com a energia do pai, que amava a boa e velha escola de música negra norte-americana. Seguiram caminho cantando juntos. Cantando não, performando! Pois se há algo que a família Nascimento sabe fazer é se entregar à boa música. Enquanto o Senhor Green soltava o vozeirão, os dois acompanhavam em coro. Nota por nota. E os corpos se mexendo conforme o ritmo ditado pelo *groove* da canção. Como se estivessem em um show. Ou até mesmo em um palco com o próprio Senhor Green. E o refrão então? Hmmm! Cantavam do fundo do coração. Ombros para a frente, ombros para trás, marcando o tempo com o estalar dos dedos e a magia transparecendo no rosto de ambos. Tal pai, tal filha!

Ao chegarem no Bistrô das Massas, seu Itamar já foi colocando a popularidade à prova. Ele conhecia pelo menos um terço do povo que lá estava almoçando. Fora de mesa em mesa, sorridente e brincalhão, sendo recebido com muito afeto em cada uma delas. Não fosse por esse detalhe, poderia até ser confundido com um político durante campanha. Mara tem um orgulho danado de ser filha daquele homem troncudo que está sempre ornando a cabeça com uma boina diferente.

Sentaram-se em uma mesa ao canto, de frente para a janela. O sol que lá entrava iluminava bem o salão do restaurante e parecia abraçar os dois. Mal se acomodaram e um dos garçons já veio lhes trazer as comandas de pedidos. Mara pediu *fettuccine* ao molho branco; já seu Itamar ficou com o clássico espaguete à bolonhesa. Para beber, ela pediu um suco de uva integral; ele, um refrigerante, já que não poderia tomar uma cerveja, pois era o motorista da vez.

"Será que sua mãe já chegou?"
"Sei lá. Ela disse se chegaria cedo?"
"Nada. Você conhece ela. Tá nem aí para a gente."
"Deixa de drama, pai!"
"Tsc! Drama, drama... E o Bento? Que que a veterinária falou?"
"Nada demais. Deu tudo certo com os exames, só temos que dar aquelas vacinas que a gente enrolou, enrolou e nunca deu."

Seu Itamar deu uma risada.
"É, né? Mas se tá tudo bem, tá tudo bem", disse, com aquele jeitão sacana dele. "E deu muito trabalho para levá-lo?"
"Pai! Aquele cachorro é o capeta! Até parece que o senhor não sabe!", disse, indignada com a pergunta.

Seu Itamar gargalhou.
"E como foi lá com o Agenor?"
"Pô, filha! Nem lembra! Agenor tá muito mal..."
"Ele tá tão mal assim?"
"Pô! Um bocado! Tá sorridente, falastrão como sempre. Num muda, né? Você sabe como ele é. Mas dá uma tristeza ver ele acamado daquele jeito."

"E já sabem o que ele tem?"
"Sabem nada. Fez uma caralhada de exames quando tava internado, mas os médicos ainda não descobriram o que tá acontecendo com ele."
"Poxa..."
"Pois é... Mas olha nosso rango chegando! Bora mudar de assunto!"
"Vamos, sim."
Seu Itamar mal pegou o prato e já foi abrindo o saquinho com o parmesão. Colocou tudo de uma vez. Mara foi econômica, preferiu ir aos poucos, à medida que a comida ia sumindo do prato. Comeram em silêncio. Parte para espantar o pesar, parte para saborear o almoço com a devida atenção. Após alguns minutos, Seu Itamar já havia acabado. Se espreguiçou em regozijo, pegou o celular e começou a futucá-lo. Notícias sobre o Flamengo, Mara imaginou. Ela, assim que terminou de raspar o prato, o tirou do transe.
"Acho que vou fazer um gratinado hoje à noite. Comprei o que faltava."
"Faz amanhã pro almoço, filha", e juntando os dedos, fazendo o símbolo internacional usado para se referir à Itália, disse, forçando sotaque: "teu pai tá italiano hoje, tô a fim de pedir umas pizzas."
"O senhor tá que tá, hein, Seu Itamar?", respondeu rindo.
"Salário caiu, sabe como é que é. Tem que gastar com a família."
"O senhor tem é que guardar essa grana. Se a mamãe não te aperta o freio, o senhor torra tudo."
"Ih, até parece! Esqueceu que seu pai sabe fazer dinheiro?", perguntou inconformado com o comentário da filha.
"Até sabe fazer, mas tem talento é pra sumir com ele."
"Ai, meu deus do céu! Cê é filha da tua mãe mesmo, hein? Misericórdia!"
Mara sorriu.

"Bora buscar o Bento", emendou o pai. "Tô precisando duma ducha!"

"Sim, senhor!"

Levantaram-se. Seu Itamar foi em direção ao caixa já tirando a carteira do bolso de trás da bermuda cargo bege que estava usando. Enquanto esperava a vez de pagar, foi dar uma olhada nos sorvetes e picolés à venda. Não poderia ficar sem um docinho depois de comer. Escolheu e já foi abrindo.

"Quanto deu, querida?", perguntou à atendente enquanto mostrava o picolé que pegou.

"Deixa eu ver... Setenta e quatro reais e trinta centavos."

"Nossa...", disse Seu Itamar, arrastando todas as letras. "Setenta e quatro reais e trinta centavos... Tem nenhum descontinho não?", perguntou, como quem não quer nada. A atendente lhe respondeu com um sorriso amarelo. Nesse meio tempo, Mara tinha ido ao banheiro. Lavou as mãos, lavou o rosto e ajeitou o *afro puff*. Quando voltou, brincou com o seu velho. "Já comendo, Seu Itamar?" Ele sorriu, mas não respondeu. A boca estava ocupada. Passou o braço direito sobre os ombros da filha e saíram de lá assim, juntinhos. Caminharam num passo lento, ritmado, como se quisessem fazer aquele momento durar mais tempo. Todos que viram pai e filha brincando e gargalhando enquanto se iam, pensaram a mesma coisa: que bonito!

Era por volta das nove horas da noite quando as pizzas que o seu Itamar tinha pedido chegaram. A família Nascimento se fartou pela sala mesmo, enquanto a novela das nove passava. Ninguém deu muita bola para a tevê. Nem mesmo a dona Célia, que não perdia um capítulo. Queriam mesmo era encher o bucho. E o fizeram com prazer. Quando já estavam satisfeitos, começaram a jogar conversa fora. Dona Célia repetiu pela enésima vez como fora o passeio com as amigas. Pai e filha ouviram atenciosamente como se tudo fosse uma grande novidade. Como se já não tivessem quase decorado todos os detalhes que a matriarca contava com grande entusiasmo. Ela falou do tombo que a Marilene tomou na frente de todo mundo, da briga entre a Maria e a Tônia para ver quem iria na janela ao lado do motorista da van e da cara de pau da Vilminha, que apareceu com um monte de Tupperware para que pudesse levar o que tinha de comer para casa. "Como se ela não tivesse dinheiro e precisasse se prestar a uma vergonha dessas", enfatizou Dona Célia.

Era por volta das dez e quarenta e cinco quando Mara resolveu deitar. Mas antes precisava ver como o Bento estava. Mal ouviu a maçaneta da porta girando, o cachorro, que parecia dormir, se levantou num pulo. Para ele, é sempre uma alegria vê-la. Mara, após dar alguma atenção ao seu eterno filhote, fora até a casinha de madeira dele para ver se ainda tinha ração e água. Não tinha. Pegou a primeira tigela e se dirigiu até a torneira mais próxima. Bento foi atrás. Voltou, pegou a outra tigela e foi até o balde onde a ração dele fica guardada. Bento continuou a segui-la. Mas agora com o rabo balançando na velocidade número cinco. Assim que Mara agachou para pôr a tigela no chão, Bento se atirou na ração todo afobado. Ela, como de costume, balançou a cabeça com aquele riso apertado no rosto. "Ô, rapaz atentado!" E se agachou mais uma vez. Agora para fazer mais carinho nele. Apesar de tudo, o amor que ela sentia por Bento era inegável. Levantou-se, foi até o tanque e lavou as mãos. Entrou e passou a chave na porta.

Quando foi pegar a louça suja, Seu Itamar disse que naquele dia seria com ele. Ela sorriu em agradecimento, deu um beijo em sua testa e outro no rosto da mãe. Avisou que iria para o quarto. Como estava cansada, acreditava que iria apagar assim que se deitasse, mas não foi o que aconteceu. Tem praga que parece esperar o silêncio e a escuridão para dar as caras. É só encostarmos a cabeça no travesseiro para que um tipo de comichão ruidoso comece a nos remoer pelo âmago. Aos poucos, sem pressa. Logo, toma conta do corpo inteiro, que reage com inquietude. Viramos de um lado para o outro, tentamos outras posições e nada de sossegar. Respiramos fundo, olhamos em direção ao teto e nada. Nada, nada, nada. Sem que percebamos, essa coisa abstrata vai ganhando forma à medida que vai se apossando das nossas feridas. Mesmo aquelas já cicatrizadas, as quais só relembramos nessas horas, ainda podem doer. O que fazer quando essa fenda se abre? Deixar arder e encarar ou tentar algo para ver se a mente se distrai? Mara, como sempre faz quando percebe que não há saída, preferiu viver o momento. É ruim, mas é que nem aquele folclore em torno dos lutadores de muaythai, sobre dar caneladas em bananeiras a fim de calejá-las. Tal como eles, ela tenta calejar a si mesma. Uma tentativa, por vezes vã, de criar uma armadura, ou até mesmo uma crosta, na intenção de se resguardar. Mas não é fácil. Nunca é. Rememorar tudo aquilo que outrora a tirou o chão era terrível. Um terror pessoal, é verdade, mas ainda assim, terror. Sentir-se abandonada, ter a confiança quebrada por quem nunca imaginou ser capaz de tal coisa etc e etc. Esses pesos são difíceis de carregar. Ainda mais depois de tê-los carregado sozinha por tanto tempo. Quando não sabemos de onde vem o mal que nos assola, é desesperador. O problema é que quando sabemos exatamente quais são os motivos de nossas aflições, o medo de nunca sermos capazes de nos livrar delas é persecutório. É como estar fugindo e perceber que de nada adianta se esconder, tentar sumir, escapar. Você corre, corre e quando vira a próxima esquina, bate de frente com o seu algoz. Como seguir por outro caminho se as nossas pernas já não nos obedecem?

    Mara caiu em prantos. Não queria, mas não teve jeito. Embora chorar fosse uma ótima maneira de expurgar a dor e amenizar a tristeza, há um quê de fraqueza nesse ato que ela odiava. Poucas coisas a incomodam tanto como se sentir vulnerável. Desnudar-se e ter todos os seus fantasmas dançando em torno do corpo, externa e internamente exposto, era ter seu *eu* sugado por uma força macabra e escondida em seu estômago. Ela seria mal mastigada, mal digerida e vomitada como se fosse o resto da carne podre que alimenta os renegados. Rejeitada por aquilo que a consumia.

Não sabia se por seu gosto ser ruim ou se por prazer daquela coisa que a torturava. Afinal, ser expelida de dentro desse espaço ascoso é ter a pele em lanhos por conta de todo ranço existente no caminho de volta e para o qual a imunidade é um conceito que não existe. Mas como diriam os corações sensatos, vai doer, mas vai passar. Mara enfim caiu no sono.

CAPÍTULO TRÊS
Do Largo da Prainha à Central do Brasil

O dia estava bonito à beça. O céu azul feito o mar, a cerveja suando como todo mundo gosta e as pessoas como se não tivessem problemas para resolver em suas rotinas. O Largo de São Francisco da Prainha em dia de samba é uma bela amostra do que a cidade tem de melhor. Gente dançando, gente cantando, gente beijando. Se é tempo de paz então, não existe dúvida: quando o Rio de Janeiro quer, não há lugar no mundo que se compare. São festas de canto a canto, sorrisos de rosto em rosto. Aquele sábado, inclusive, estava especial. A Quarta-Feira de Cinzas já tinha passado, mas como é o povo que sabe das coisas, o carnaval continuava fazendo morada na capital do antigo Estado da Guanabara. Gente de todos os credos, cores e amores ajudava a dar vida àquele turbilhão de emoções. Se a tarde estava daquele jeito, a noite estaria a coisa mais linda. Pessoas chegavam, pessoas partiam. E todo esse movimento fazia com que a energia do lugar se mantivesse em alta. Uma espiral de bons augúrios.

Quando Mara e as amigas chegaram, deram sorte de encontrar uma mesa prestes a vagar. Elas pararam justo ao lado de um grupo que já se levantava para cair fora. Chegaram um tanto cedo, mas a praça já estava ocupada. Apesar disso, a organização do evento ainda estava ajeitando as coisas. Nem o som tinham posto para rolo. Todo o entretenimento que havia ali estava sendo providenciado pelos bares, o que não era de todo mal. Daria para as meninas conversarem um pouco, se atualizarem dos últimos causos – como se elas não tivessem passado a semana quase inteira juntas. Ou seja, nem uma grande novidade. Só dariam voltas em torno dos mesmos assuntos que as ajudaram a lidar com o período de pausa entre os dias de folia.

Um garçom chegou e começou a retirar os pratos e copos que os clientes anteriores usaram; um outro, sem perder tempo, já veio com um pano úmido e rapidamente limpou a mesa. Jogou o pano sobre o ombro esquerdo, tirou um bloquinho do bolso e anotou o pedido que elas fizeram. Mara, Sulamita e Ana ficariam na cerveja mesmo; a Jennifer, que não é muito de beber, pediu uma caipirinha para começar os trabalhos.

Conversa foi, conversa veio, a hora foi passando e a animação do lugar cada vez mais lá em cima. Ao olhar em volta, Mara percebeu que não valia mais a pena ficar ali parada sobre aquelas cadeiras de madeira *ruidentas* e que a cada movimento feito, ameaçavam desmontar. Levantou-se e deixou o corpo seguir a música que já reinava em torno delas. Seu ato mexeu com as amigas, que não pensaram nem duas vezes em acompanhá-la. Quando menos deram por si, a grande atração do dia estava prestes a comandar a festa. Uma mestra de cerimônias anunciou e aos berros efusivos de todos os presentes, as meninas da Moça Prosa deram início a sua roda de samba que arrebataria a todos. E conforme a noite foi se alongando, a certeza dava menos espaço para a dúvida: naquele lugar do tempo, o regozijo era perene.

Bêbadas. Não dava nem para forçar que estavam no brilho. Estavam bêbadas. Mesmo. Trocando as pernas, falando torto e amando todos os seres humanos existentes. Era assim que elas estavam. Ou pelo menos, Mara, Sulamita e Ana. Jennifer estava altinha. Muito mais próxima do melhor de suas faculdades mentais do que as amigas. Não que elas estivessem tão mal assim também. E iria passar. A própria Mara, atenta, já havia pedido uma Pepsi ao garçom para pôr algum açúcar no sangue. Estava divertido, mas era bom ter controle da situação. Mas por ora, o status oficial era: bêbada. Sulamita e Ana então, estavam o puro estado da alegria. Renovando, inclusive, os votos de amor eterno e fidelidade uma para com a outra em meio às carícias e beijos apaixonados. Nosso casal favorito, Mara e Jennifer gritaram em uníssono.

Mas quem disse que a festa acabou? Nananinanão! A Moça Prosa seguia firme e forte no batuque e na cantoria. As amigas, curtindo como se não houvesse amanhã, pondo para fora, a plenos pulmões, toda aquela poesia musicada. Abraçadas umas nas outras, abraçadas com qualquer um que estivesse ali pelo momento. A propósito, com o tanto de gente sambando feito passista ou sambando feito quem não tem ele no pé, aquele sétimo dia estava tão primoroso que daria para se perguntar se deus, o todo poderoso – e brasileiro, diga-se de passagem – não havia resolvido remodelar o universo naquele carnaval e agora só estava aproveitando o seu dia de folga, sem cerimônia alguma, deixando os exageros de sua diversão respingar em seus filhos mortais.

"Gente, tão vendo aquela galera que tá ali naquela mesa?", perguntou Jennifer às amigas. "Tudo gringo", completou.

"Como é que você sabe?", perguntou Sula.

"Um povo branco quase verde desse me chega a essa hora da noite na farra com cara de quem acaba de sair de casa e ainda por cima com um frasco de protetor solar?", disse num fôlego só. "Só pode ser gringo", bateu o martelo.

Todas caíram no riso.

"Quer ver? Vou tirar isso a limpo", e se dirigiu ao grupo.

As remanescentes se comunicaram com o olhar. Estava na cara o que Jennifer queria. E não deu outra. Passado um pouco mais de uma hora, Jennifer voltou para apresentar a elas o novo melhor amigo.

"Oi, meninas", disse, prolongando a vogal alta. "Esse é o Willem. *Say something to my girls, baby.*"

"Olá, queridas!", disse, tão animado quanto torto.

"Olá", responderam em coro.

"Ele num é bonitinho? Veio lá de Amsterdam para curtir o carnaval aqui. *Right, baby? I'm telling to them you came from Amsterdam just to carnaval*".

"*Oh, yeah! Me and my mates are amazed by your country. Such a beautiful place! And what a party!*", ele disse empolgado, enquanto elas fingiam se importar.

Trocaram mais um dedo de prosa. Prosa atrapalhada pelo som alto enquanto elas se sentiam atrapalhadas pela sociabilidade dissimulada de Jennifer, até que ela, enfim, anunciou que daria uma volta com Willem por aí, para poderem conversar melhor. As amigas pediram cuidado, para qualquer coisa ela sair gritando pelas ruas que nem uma louca e nem que para isso ela precisasse arrancar alguma parte do holandês à dentadas. Se despediram em meio à gargalhadas por causa da solução exagerada que Ana sempre trazia à tona, mesmo sabendo que no fundo, infelizmente, ela estava com a razão. Agora cada uma estava livre para aproveitar a noite como quisesse.

Mesmo com todo o esforço e concentração, chega uma hora na qual dar um pulo no banheiro depois de algumas cervejas é inevitável. Mara segurou o quanto pôde. Até mesmo por saber que quando fosse a primeira vez, as outras vezes estariam mais próximas do que um corpo se torna do outro no Japeri lotado durante a hora do *rush*. Ao chegar ao final da fila, quilométrica, percebeu ter feito um bom negócio. Se esperasse mais um pouco, até chegar a sua vez, sua bexiga explodiria. A fila estava chegando ao diminuto salão do bar. Ainda percorria um longo corredor escuro, no qual duas pessoas jamais caberiam sem se esfregar uma na outra, até chegar num espaço aberto e iluminado lá no fim, onde ficavam os toaletes.

Após ter que aguentar uma breve eternidade enquanto lá fora as coisas continuavam em chamas, Mara adentrou aquele pequeno cubo de paredes brancas e luz amarelo-mijo, dando um quê de encardido à cor que tingia os limites que a cercavam, pisando com cuidado para evitar qualquer acidente e se direcionando ao trono da glória. Ao levantar-se, se deparou com um espelho médio sobre a pequena pia de plástico branca, com torneira também branca e manopla preta, por onde continuava escorrendo água, mesmo estando fechada. Ela se virou para o espelho, encarou o seu duplo por alguns segundos demorados demais enquanto seu corpo girava em torno do próprio eixo quando então abriu um sorriso seguido duma gargalhada tão bêbada quanto ela. Cê tá doidona, né, se perguntou cuspindo todas as palavras enquanto ria mais um bocado. Inclinou o corpo para o lado direito, fez dois *hang loose* e soltou um grito agudo. Abriu a torneira, lavou as mãos de um jeito que o Dráuzio Varella aprovaria e então juntou um pouco de água e esfregou o rosto. Jogou a cabeça para trás com os olhos fechados. Pouco depois, fitou o espelho outra vez. Passou os dedos das raízes para a ponta de seus cabelos, dando uma leve ajeitada. Sorriu para o seu reflexo e sem modéstia alguma, reconheceu: você é bonita pra caralho mesmo, hein? Benzadeus!

Ao retornar, Sulamita e Ana estavam eufóricas. Em meio a pulinhos e tapas a esmo no ar, gritavam sem parar. Num primeiro momento, Mara se assustou, mas logo percebeu a felicidade latente na fuça das duas. Mal conseguiam se conter. Sulamita explicou: Sandra, a cunhada de Ana – que era só lágrimas! – acabara de entrar em trabalho de parto. Por pouco a Maria Clara não vinha ao mundo em pleno carnaval!

Sem conseguir sossegar o facho, Ana não sabia se bebia mais, se chorava ou se sambava para comemorar. Até que bateu a nóia, tinha que estar na maternidade junto do irmão. Então, mais desesperada do que trabalhador atrasado quando vê o ônibus saindo do ponto, queria pagar logo a conta para correr para perto da família. Tudo isso em menos de um minuto. Mara a segurou pelos ombros e a acalmou. Disse para ela e Sula se adiantarem, irem de encontro aos seus. Ela pagaria a conta e depois elas se acertavam direitinho. Então ligaria para Jennifer e tudo estaria resolvido. O que importava naquele exato momento era a estreia de Maria Clara. Se despediram com abraços apertados, votos de boa saúde e pedidos de cuidado.

Mara acenou para o garçom, que estava a uns três metros dela, e pediu a conta. Com o joinha dele, pegou o celular na bolsa e discou o número de Jennifer. Chamou, chamou, ninguém atendeu. Tentou mais uma vez e nada. Enviou uma mensagem perguntando dela. Nesse instante, o garçom voltou e entregou a ela a notinha com os gastos, o total e os dez porcento. Ela se desculpou por ter esquecido de pedir a máquina de cartão, ele disse que não havia problemas. Sem querer, se deu conta que esse vacilo foi providencial. Daria mais tempo para que Jennifer desse algum sinal de vida. Nisso, aproveitou que já estava ali, à espera, e já dividiu a conta por quatro. Anotou o valor no bloco de notas de seu smartphone, informaria as amigas quando estivesse a caminho de casa. O garçom voltou, Mara pagou a conta e se despediram educadamente. Mara pendurou a bolsa no ombro esquerdo e olhou o celular. *Oi, amiga! Desculpa, mas acho que vou passar a noite com o Willem. Beijos! Amanhã nos falamos! Tchauzinho!* Que filha da puta, exclamou Mara. Não era a primeira vez que Jennifer a deixava na mão assim. Tampouco seria a última.

Havia mais ou menos uns quarenta minutos que Mara estava tentando pedir um carro pelo aplicativo, mas os preços estavam exorbitantes. O pior de tudo é que a Central nem era tão longe assim. Não valia o preço e ela poderia ir andando. Só não tinha ido ainda porque já tinha passado da meia-noite e ela não queria dar mole para o azar indo sozinha. O dia estava uma maravilha, não poderia terminar do mesmo jeito? Os planos dela e das amigas era o de irem embora quando o sol raiasse, mas ninguém poderia prever os imprevistos. Mara estava inquieta. Não sabia se arriscava ir de uma vez ou se esperava as taxas dos carros baixarem. Até pensou em pegar um dos táxis que ali próximo estavam, mas tinha medo de fazer isso sem a companhia de suas amigas ou a falsa sensação de segurança que os aplicativos de viagem lhe proporcionavam. Já estava nervosa, resmungando e balançando a perna sem parar. Fechou os olhos, balançou a cabeça e, meio que

por impulso, decidiu entregar nas mãos de deus, o todo poderoso. Assim que se virou de supetão para seguir rumo à Central, ouviu alguém lhe perguntar:
"Você é a mãe do Bento, não é?"
Ela ficou um pouco confusa, mas ao se virar para a voz, arregalou os olhos, surpresa. Colocou a mão direita sobre o lado esquerdo do peito e respondeu:
"Ei! Nossa! E você é o pai do Zé Alfredo, certo?"
"Isso! Achei que não iria lembrar de mim!"
"Por um instante não lembrei mesmo! Eu nunca que iria imaginar que te encontraria de novo. Ainda mais por aqui!"
"Pô! Nem eu!", disse. "Mas... O que é que cê tá fazendo aqui sozinha a essa hora? Tá procurando alguém?"
"Que nada! Cheguei aqui cedo. Tava com umas amigas, mas as coisas ficaram meio loucas. Num bom sentido, digo. E cada uma tomou o seu rumo. Só que acabou sobrando para mim, né?"
"Como assim?"
"Tô tentando ir embora, mas os valores das corridas não tão ajudando."
"Putz! Preço dinâmico, né?"
"Pois é!"
"Mas a essa hora? Tá um tanto cedo."
"Mas é carnaval, né? Quero dizer, quase carnaval... Você me entendeu."
Caio riu.
"Meio óbvio, né? Dããã!"
"Pois é...", e riu, um tanto desconcertada.
"E você vai para Queimados mesmo?"
"Vou."
"Nossa... Coragem, hein?"
"Não tenho opção, infelizmente."
"E por que você não pega um táxi?"
"Ah! Sozinha não rola."
"É... Faz sentido... E pretende fazer o quê?"

"Eu tinha tomado coragem de ir andando quando você falou comigo."
"Ah, sim... Foi mal?", soltando uma risada breve.
"Não, relaxa! Tá tudo certo. Mas acho que eu vou nessa. Quanto antes melhor, sabe?"
"Sim. Você tem razão. Foi bom te ver!"
"Bom te ver também."
E foram se distanciando em meio a sorrisos tímidos e movimentos desajeitados. Mara abraçou-se à bolsa, como se sentisse frio e num passo apertado foi caminhando próxima aos muros da longa calçada que se seguia. Alguns foliões iam em direção ao Largo da Prainha já para lá de Bagdá. Outros, apenas muito felizes. Uns fantasiados, outros apenas confortáveis. Quase todos purpurinados. Eram duplas, trios, quartetos. Ninguém além dela caminhava só. Atenta, torcia em voz baixa para que dali até à rodoviária as ruas se mantivessem com aquele tanto de vida perambulando. Quando estava passando pelo Museu de Arte do Rio, percebeu alguns gritos clamando a atenção de alguém. Os gritos se aproximavam cada vez mais. Quando se virou, outra vez se viu surpresa.

"Olha, eu sei que a gente mal se conhece, a gente não sabe nem o nome um do outro, apesar de sabermos o nome dos nossos bichos, o que eu diria ser um ótimo sinal, mas eu me sentiria muito, mas muito mal mesmo se eu deixasse você ir embora sozinha assim, pelo Rio, a essa hora. Sei que isso pode soar estranho, e de novo, sei que não nos conhecemos nem um pouco, mas queria te propor uma coisa", Caio disse num fôlego só. Mara o encarou meio atordoada. Percebendo o olhar desconfiado, quiçá assustado, já foi logo se explicando.

"Calma! Não é nada demais!", disse sem graça. "Bem, vou direto ao ponto. Por que você não tenta pedir um carro mais algumas vezes enquanto eu te faço companhia? Se você não conseguir, eu pego um táxi com você e te acompanho até a Central. Assim cê não vai sozinha e eu não fico me sentindo culpado."

"Olha, cara... Eu não sei. E como você disse, a gente nem sabe o nome um do outro. Hmmm... Também não quero te dar trabalho..."

"Que isso!? Num é trabalho nenhum!"

"Hmmm..."

"Bem, vamos recomeçar. Me chamo Caio, tenho vinte e sete anos e me mudei de Queimados para o Rio no meio do ano passado", disse, esticando a mão com um sorriso que queria explodir.

Ela abriu um sorriso tímido e apertou a mão dele.

"Mara, me chamo Mara. Prazer", disse, econômica.

"Prazer! E aí? Aceita a minha proposta?"

O que é um peido para quem já está toda cagada, Mara pensou. E mesmo que ainda relutante, resolveu ver no que isso iria dar.

"Tá, aceito. Mas só se eu realmente não for te atrapalhar."

"Relaxa! Não vai mesmo", disse Caio, sem conseguir disfarçar a empolgação.

O caminho de volta até o furdunço foi feito em silêncio, ambos um tanto quanto sem graça. Pararam basicamente no mesmo lugar que se encontraram. Caio disse que iria aproveitar enquanto ela tentava arrumar uma viagem que não custasse um rim para comprar algo para comer. Perguntou se ela queria alguma coisa, ela disse que queria sim, uma água com gás. Já lhe daria o dinheiro. Ele disse que não precisava, ela insistiu, ele deu de ombros.

Enquanto mastigava o seu podrão com todo cuidado e atenção, numa tentativa de que a cada movimento do maxilar ficasse um pouco mais sóbrio, Caio observava a paciência de Mara se esgotando por completo. A frustração no rosto da moça era evidente. Ela então se chegou mais para perto dele, estalou a boca e disse:

"Tá difícil, cara... Acho que eu desisto, viu?"

"Fica tranquila. Vamos pegar um táxi como eu te prometi."

"Não queria te incomodar desse jeito, mas…"
"Relaxa! Vamos lá?"
"Vamos."

Mas como já dizia a sabedoria popular, o que é ruim pode piorar. Ao se virarem, Mara ensaiou um choro quase que de imediato: todos os taxistas que ali estavam haviam evaporado. Ela fechou os olhos, respirou fundo e segurou as lágrimas. Caio, em vez de ficar quieto, soltou:

"Parece que alguém está mesmo com sorte esta noite, hein?"

Mara se virou para ele com um olhar fulminante. Ele logo ficou sem graça. E enfim percebeu que o melhor era ficar calado, dando algum tempo a ela, que logo se sentou no meio fio. Caio esperou um pouco e se aproximou. Ficaram uns dez minutos ali, sem dar um pio. Ela na esperança de que um táxi aparecesse e ele apenas a acompanhando.

"Olha, Caio, eu agradeço muito a sua boa vontade, mas não aguento mais, eu vou nessa, viu?", disse de repente.

"Mas você mesma disse que era perigoso", Caio protestou.

"E o que você quer que eu faça?", perguntou, sem conseguir esconder a irritação.

"Já sei", ele disse.

Ela resmungou.

"Você tá disposta a ir andando mesmo?"

"Estou."

"Então vambora", disse ele, se levantando e espalmando qualquer sujeira possível à bunda.

"Quê?"

"Vambora! Cê não vai sozinha", afirmou, estendendo a mão para ela, que o olhava incrédula.

"Vamo, mãe do Bento!", insistiu animado. Mara soltou um sorriso desacreditando do final de noite que estava tendo e deu a mão ele. Levantou-se e também espalmou qualquer sujeira possível à bunda.

Até a altura do Museu de Arte do Rio, caminharam em total silêncio. Foi Caio que resolveu quebrar o gelo, perguntando do Bento. Mara, ainda desconfortável com a situação, respondeu de forma breve. E quando devolveu a pergunta a Caio, ele desandou a falar de Zé Alfredo.

"O Zé Alfredo é um gato muito único, você não tem noção. Acho que daria para alguém escrever um livro sobre ele ou até mesmo fazer um filme tipo *As Aventuras de Chatran*, sabe? Não sei se você lembra desse filme. Passava direto na Sessão da Tarde. Ajudou a moldar o meu caráter. Enfim. Tem horas que ele não para! Sobe em tudo quanto é canto! Parece até que tá vendo coisa! Mas em outros momentos tá mais prum gato eremita. Aquela bola de pelo às vezes parece saber quando eu estou fazendo alguma besteira. Sempre se deita numa altura que dê para me olhar nos olhos e fica ali, com aquelas bilhas verdes me encarando. E o meu sofá? Sempre, mas sempre que eu dou mole ele vai lá, fazê-lo de arranhador. Mas quando aquele bicho quer, ele sabe ser carinhoso. E ele sempre amolece meu coração quando faz isso."

Encantada pela forma como Caio falava do Zé Alfredo, Mara abriu um sorriso que o deixou sem graça.

"O que foi?"

"Nada."

"Eu tô falando muito, né?"

"Tá", ela disse, ainda rindo. "Mas não tem problema. Chega a ser fofinho."

Caio ficou sem graça outra vez. Caminharam mais um pouco em silêncio, mas a chave do rapaz parecia ter virado e ele logo tornou a falar.

"Mas e você, Mara? Quem é você? Me conta."

"Eu? Ah, não sei… O que que eu posso falar?"

"Sei lá. O que você faz da vida? Onde estudou? Essas coisas servem."

"Bem, eu estudei Administração na Rural de Nova Iguaçu e trabalho no Banco do Brasil lá de Queimados. E não sei mais o que dizer. E você? O que faz? Onde estudou?"

"Ah! Eu dou aulas de inglês. Lá em Queimados mesmo. E pego uns frilas de tradução de vez em quando."

"E onde estudou?"

"Ah, na UFRJ."

"E onde você dá aula de inglês por lá?"

"No CCAA, no CEMP e no Criarte."

"Ah, sim."

"E como é trabalhar em banco? Me parece estressante."

"Olha, às vezes é bem estressante mesmo. Mas quando eu trabalhava no caixa era pior. Hoje em dia, apesar das responsabilidades terem aumentado, eu mal vejo a hora passar. Tenho mais tranquilidade para lidar com os problemas e tudo mais. E o horário é bom. Pego às oito, saio às quatro. Dá tempo de aproveitar um pouco a vida."

"Ah, que bom! Já eu sou meio enrolado. Tenho uns dias livres e outros completamente cheios. Minhas terças e quintas este semestre, por exemplo, estão um terror. Dou aula o dia inteiro."

"Imagino. Ainda mais tendo que lidar com um monte de criança."

"Eu gosto, sabia? Mas tem hora que é foda. Tem dias que nada faz elas pararem. Mas confesso que se eu pudesse, daria aula só em curso. Paga melhor e geralmente as pessoas são mais dedicadas."

"Interessante. Então você é desses professores aplicados, que gostam quando os alunos querem mesmo aprender?"

"Para falar a verdade, é que quando os alunos estão focados, o trabalho é bem mais fácil. Ter que ficar clamando pela atenção da criançada é uma merda. Além de tomar meu tempo, cansa."

"Faz sentido."

Ao chegarem à Presidente Vargas, Mara sentiu-se aliviada por não estar sozinha. Tirando um ou outro gato-pingado, o centro do Rio de Janeiro era só breu. Teria sido mais fácil se seus planos tivessem dado certo, mas pelo menos as coisas estavam indo bem. Caio parecia ser um cara bacana. E embora tivesse chegado à conclusão de que fora imprudente ao ter aceitado a companhia de um homem que, na prática, não conhecia, seu sexto sentido estava mais tranquilo do que um monge budista.

"E como foi seu carnaval?"

"Foi muito de boa! Uns amigos ficaram lá em casa, deu para curtir bem. Fomos nuns blocos da Zona Sul, outros pelo centro...", mas antes que conseguisse terminar, Mara o interrompeu.

"Pera aí! Você mora aqui no Rio?"

"Moro."

"Ah! Eu achei que você fosse de Queimados", disse, um tanto confusa.

Caio soltou uma risada alta, então respondeu: "E sou."

"Ué?"

"Todo mundo tem a mesmíssima reação que você. Bem, eu sempre quis vir para cá. Mas fui ficando cada vez mais preso em Queimados. Um dia surgiu a oportunidade e eu a agarrei. Achei que seria bem mais de boa ir para lá no contrafluxo, diferente da realidade de quem precisa descer todo dia."

"E é de boa na prática?"

"Sim e não", respondeu rindo. "É realmente bem mais fácil ir para a Baixada e sair da Baixada nos horários que o povo inteiro tá vindo para cá ou indo para lá. Mas com o tempo fica cansativo do mesmo jeito. Você evita o estresse, é verdade, mas o desgaste ainda se mantém."

"Faz sentido. E você pensa em voltar para lá?"

"Para ser sincero, não. Eu poderia se quisesse. Minha mãe mora lá, nem sonha em sair. Mora sozinha, a casa tem espaço suficiente e me receberia de braços abertos. Na verdade, ela iria adorar que eu voltasse. Mas assim, não é a mesma coisa que viver aqui, sabe? Tudo perto, mais fácil de curtir e tal. Apesar dos pesares, ainda é jogo."

"Entendi. E onde você mora aqui?"

"Na Lapa."

"E é de boa? Porque aquele lugar vive cheio."

"Vive cheio final de semana à noite. Mas eu moro ali perto da Praça da Cruz Vermelha. Geralmente é tranquilo."

"Entendi. Que bom que funciona para você."

"Valeu. Funciona, sim. E você? Pensa em sair de Queimados?"

"De verdade, não. Eu até venho bastante para o Rio, mas gosto muito de ter meus pais por perto. Assim, não descarto a possibilidade, sabe? Mas não é algo que eu planeje."

Ao chegarem mais próximos da quarta DP, uns PMs que lá em frente estavam começaram a acompanhá-los ainda de longe. A cada passo deles, os pescoços dos três oficiais se movimentavam juntos. Sem saber que sentiam o mesmo, aquele frio na barriga incômodo e nauseante surgiu em ambos. Ao se aproximarem dos policiais, Mara olhou para eles de rabo de olho e então para o chão, abaixando também a cabeça. Caio se encolheu um pouco e, um tanto escabreado, desejou boa noite ao trio, que respondeu a contragosto, sem deixar de segui-los com os olhos. Então, já de costas para a delegacia, foi a vez de suas espinhas gelarem. Mara respirou fundo enquanto fechava os olhos. Caio não tardou em parecer já ter esquecido de todas as sensações ruins. Mara pôs o ar para fora, ainda tensa. Quando se virou para Caio, ele parecia nem aí. Olhava ao redor despreocupado. Chegavam agora àquele espaço mal aproveitado ao lado do Panteão Duque de Caxias.

"Você não tem medo?", perguntou, inquieta, mesmo vendo que sim, ele tinha.

"De quê?", perguntou, com sinceridade.

"De... De andar assim à noite?", desconversou, meio sem jeito.

"Ah, é aquilo, né? Só ficar mais alerta que tá tudo bem."

Mara percebeu que, passada a tensão, Caio realmente não se dava conta do perigo que era para ele andar por aí àquela hora da noite, apesar de seu corpo ter respondido por instinto à situação pela qual acabaram de passar. Imaginou o tanto que ele talvez se expusesse sem nem perceber. Sentiu-se mal, mas preferiu não comentar nada. Seguiram o restante do caminho quietos.

A região do Terminal Rodoviário Coronel Américo Fontenelle, diferente do restante da Central durante a madrugada, tinha vida própria. Tanto pelos diversos camelôs que varavam a noite para fazer seu sustento quanto pelo povo que fazia um verdadeiro vai e vem pelo lugar. Quando ali chegaram, o medo de Mara se provou real: não havia van para Queimados. A sua esperança era que, por ser uma semana de festas na cidade, houvesse horários especiais de circulação. Teria que esperar. Caio foi um pouco mais à frente ver se havia algum ônibus encostado no ponto. Nada também. Voltou dando de ombros. Não tinham muito o que fazer.

Ficaram uns bons minutos sem falar um com o outro. A falta de intimidade acabou impondo aquele silêncio desconfortável a eles. Mara tinha os braços em forma de xis sobre a sua bolsa, que pressionava contra o seu ventre enquanto se balançava sutilmente para frente e para trás. Caio ora chutava pedras invisíveis, ora se forçava a observar detalhes ao redor. Guardava em si vontade de puxar assunto, mas não sabia como. Foi Mara quem tornou a falar:

"Olha... Eu sem querer te meti nessa furada. Se você quiser voltar agora, sem problemas mesmo. Você já fez um favorzão me acompanhando até aqui."

"Relaxa, Mara! Tá tudo tranquilo. Não está sendo nenhum sacrifício te fazer companhia."

"Sério mesmo?", perguntou, insegura.

"Serião!", ele disse.

"Tudo bem, então...", ela respondeu. E um pouco mais à vontade, continuou:

"Mas vou te falar, que louco a gente ter se encontrado assim do nada. E agora a gente tá aqui, encerrando meu carnaval. Sério, eu nunca, jamais, iria imaginar uma situação dessa! Se eu fosse um pouco menos cética, diria que estava escrito, que era coisa do destino, sei lá."

"Ah, então como eu não sou cético, posso dizer que é?", o rapaz disse, com um sorriso de canto de boca. Mara soltou uma pequena gargalhada e respondeu:

"Você é quem sabe, mas não vou me responsabilizar", e levantou a mão direita para o alto, como se estivesse dizendo um amém.

"Mas sim, a maior coincidência! Quando eu te vi, mal pude acreditar. Fiquei naquela dúvida se eu deveria ou não falar contigo, mas... Quais as chances disso acontecer?"

"Não é? E que bom que veio falar comigo. Se você não tivesse feito isso, eu nem sei como teria terminado a noite."

"Não vamos pensar nisso. Já foi e deu tudo certo."

"Você tem razão."

Nisso, Caio percebeu que uma van para Queimados estava para encostar no posto em que eles estavam e se adiantou para garantir um lugar para Mara. Algumas pessoas se aglomeraram, mas Caio foi ágil o suficiente. Conseguiu a vaga que sobrou ao lado do motorista, o que também fora um tanto conveniente. Assim poderiam se despedir com menos afobação.

"Ouso dizer que hoje o senhor comprou a sua passagem para o céu! Muito obrigada de novo, cara", Mara disse. Caio respondeu com um sorriso. Logo emendou:

"Olha, sei que se eu pedir o seu número vai parecer que eu fiz tudo só para isso, mas... Nem foi! Só que eu vou ficar um tanto preocupado com você voltando para casa sozinha. Se importa de anotar meu número só para você me avisar que chegou bem? Você pode me avisar como quiser. Até mesmo me ligando sem ter seu número identificado ou qualquer coisa assim."

Mara voltou a achar Caio um fofo. Ela então tirou o celular da bolsa, desbloqueou a tela e estendeu para ele. Anota aí e eu penso o que eu faço. Foi só o tempo dele adicionar o contato na agenda dela para o motorista da van voltar. E enquanto ele pedia para os passageiros adiantarem a passagem, os dois se despediram.

"É... Vou indo nessa então."

"Tudo bem. Muito obrigada de novo! E vê se toma cuidado ao voltar também", disse.

"Relaxa! Num precisa se preocupar não."

"Claro que precisa!"
Caio sorriu. Deu um tchau tímido. E, enfiando as mãos no bolso da bermuda, se distanciou, caminhando de costas. Assim que se virou, o motorista deu a partida.

Em vez de voltar ao encontro dos amigos, Caio preferiu ir para a casa. Achou que a noite não teria mais graça depois de todo aquele acaso. Mandou uma mensagem para eles, inventando uma desculpa qualquer. De todo modo, só a veriam bem mais tarde. Talvez nem dessem falta dele. E seguiu em linha reta.

Não se dando conta de sua solitude, Caio ficou rememorando aquele fim de noite a ponto de mal ver o tempo passar. Caminhava com um sorriso estampado no rosto. Sorriso este que iluminava mais as ruas do que a iluminação pública. Estava abobado. Sentia o frio na barriga causado pela expectativa. Será que Mara realmente irá ligar de um número privado? Será que ela vai mesmo avisá-lo que chegou bem? Enfim, achou melhor deixar as possibilidades na mão do destino, seu velho conhecido.

Ao chegar em seu prédio, cumprimentou o porteiro da vez com mais simpatia do que o normal. Geralmente só dá atenção mesmo ao Jeremias, que pela escala do dia, ficou responsável por outro turno. Ao entrar em seu apartamento, já foi procurando o Zé Alfredo, que folgado como é, dormia em cima do travesseiro.

"Zé Alfredo, querido", disse, enquanto deixava seu corpo cair ao lado dele na cama. "Você não sabe quem eu encontrei! Lembra da última vez que te levei na veterinária? Então! Não é que eu encontrei a mãe do Bento, aquele cachorrão com quem você estava brincando naquele dia? É Mara o nome dela!" O gato o fitava com seus olhos verdes. Então se levantou, se alongou e mudou de posição, dando as costas ao seu humano, voltando a dormir. Sem se abalar, Caio se pôs de pé. Abriu a estante e pegou uma cueca limpa. Sentia seu corpo grudando, precisava de uma ducha. Assim que abriu o chuveiro, a sensação que a água fria lhe provocou ao encontrar a pele foi de puro prazer, afinal, a madrugada daquele domingo que na prática ainda era sábado estava um tanto abafada. Ficou por algum tempo de olhos fechados e rosto virado para cima, deixando que a água caísse em seu rosto e então escorresse pelo corpo. Sua mente estava vazia, quase como se meditasse. Tão logo, tateou a mão pela parede até encontrar o sabonete. E pelo tronco, começou a se limpar.

Saindo do banheiro, Zé Alfredo o esperava à porta. Caio foi até a cozinha e repôs a ração do gato na tigela. E enquanto o bichano se satisfazia, o humano da casa foi até a geladeira e matou uma garrafa de água numa golada só. O sorriso ainda se fazia presente no rosto dele. Deixou a garrafa vazia sobre a pia e se dirigiu para o quarto. Estava exausto. Pegou o celular, mensagem dos amigos. *Se deu bem com aquela gostosa, né, galudão*, disse um deles. Os outros seguiram na pilha. Respondeu apenas com uma risada. Olhou o Instagram, olhou o Facebook e se perdeu pelo YouTube. Voltou a realidade com o Zé Alfredo, que subira em cima dele. Primeiro o massageando o peito, depois se aconchegando nele e logo, ronronando de forma cada vez mais suave. Os dois estavam quase pegando no sono quando o celular de Caio voltou a vibrar. *Olá, querido! Cheguei em casa agora. Cheguei bem. Obrigada de novo*, ela disse. *E se quiser, pode salvar este número. É o meu*, e completou com dois pontos e um dos sinais de parênteses. *Que bom que chegou inteira! Fico bem mais tranquilo. Posso dormir em paz*, ele respondeu. *E pode deixar que seu número já tá anotado*, completando com um sinal de menor que e um três.

CAPÍTULO QUATRO
Entre parênteses

Acredita que mesmo morando em Queimados até ontem e estando na cidade aos fins de semana com bastante frequência, fazia tempo que eu não ia à feira? Fui hoje. É sem dúvida uma parte vivíssima da nossa terrinha.
Nossa! Sim! E vou te falar, embora não entenda como isso é possível, sempre ouço gente falando que não vai à feira faz tempo. Até anos!
Pior que no meu caso deveria ter uns três anos mesmo que eu não colocava os pés lá.
Tá vendo? Acho isso muito louco, porque eu tô lá quase sempre. Meu pai ama, daí vou sempre com ele. E várias vezes arrastamos a mamãe.
Passeio em família costumeiro, então.
Sim! (risos) E você foi fazer o que lá?
Bateu vontade de comer um pastel de queijo com caldo de cana. Como vim ver minha mãe, dei um pulo lá antes de ir para a casa dela.
Nossa! Minha religião!
É muito bom, não é?
Muito! Mas me diz, você comeu onde?
Ali em frente à rua que dá na Master, em frente a um mercadinho, perto do chouriço.
Ah! Esse nem é o melhor! O melhor é o que fica ali pertinho do CCAA. Entre o CCAA e um salão de beleza que tem ali, sabe qual?
Sei, sim! Que tem ou tinha uma academia bem merda atrás.

Isso! Sabe que eu não sei se essa academia ainda existe?
Eu também não faço ideia. E na próxima, vou nesse aí e te digo o que achei.
Vá, sim! Mas já sei que você vai dizer que eu estou certa.
É muito convencida, cara! (risos)
É porque eu sei do que estou falando.
Olha ela!
(risos) Fazer o que se mamãe e papai me fizeram assim?
Tá certa! Mas pensando aqui, por que cê não me leva lá?
Tá precisando de babá, é? (risos)
Talvez? (risos)

Estava vendo suas fotos e seu cabelo é muito bonito!
Obrigada!
Dá muito trabalho?
Olha, mais ou menos. Mas você se acostuma, sabe?
Sei.
Daí, você nem sente tanto ao cuidar.
E como você faz?
Você quer saber mesmo? Porque quando eu começo a falar de cabelo, eu não paro.
(gargalhada) Sem problemas!
Não me responsabilizo, hein?
Okay! Mete bronca!
Então, você sabe o que é *low poo* e *no poo*?
Apesar dos nomes sugestivos, não. Me conta.
Então, são técnicas para cuidar do cabelo na qual se pretende usar pouca ou nenhuma química. Como já dá pra imaginar, *low*, pouca, e *no*, nem uma.
Saquei. E qual você usa?
Eu uso a *no poo*. Não uso química alguma no meu cabelo.
E faz tanta diferença assim?
Se faz! Sinto o meu cabelo muito mais saudável!
E na prática, como é na hora de cuidar?

Olha, eu vou tentar te explicar da forma mais simples que eu conseguir.

Beleza.

Então, primeiro você precisa ter muito cuidado com os produtos que vai utilizar. Para você ter ideia, quando eu comecei a usar essa técnica, eu andava com uma listinha com o nome de todos os produtos que a gente pode usar, o que chamamos de produtos liberados.

Uhum.

Aí o lance é você verificar os componentes que podem ter nos cremes, xampus etc. E assim, eu faço o *co wash*. E o que é o *co wash*? Bem, é simplesmente lavar o cabelo com condicionador. Daí, para você fazer isso, você precisa de um condicionador que seja bem leve. E, consequentemente, você precisa comprar um creme para ficar no cabelo que também seja correspondente com a técnica de *no poo*, porque se você comprar um creme que não é liberado, ele vai ficar para sempre no seu cabelo. Aí não adianta lavar com outro creme, que não vai sair, entende?

Hmmm, entendo.

Tem que ser tudo perfeito, tudo encaixadinho. Daí saía eu com a minha listinha, que na época ainda era de papel, porque era ali por dois mil e treze, dois mil e catorze, com todos os ingredientes que não podiam. Eu chegava na farmácia, olhava tudo, ficava pegando os cremes, os condicionadores, virava o verso das embalagens e olhava componente por componente para ver se ele era liberado ou não.

Nossa! Que trabalheira!

Pois é! Mas como disse, você se acostuma. Hoje em dia eu já sei até os que posso usar, então não é esse passo a passo todo.

Faz sentido.

E você não sabe! Eu ainda abria produto por produto para sentir o cheiro, para ver se eu ia gostar ou não! (gargalhada) Aí eu olhava o preço, né? Porque o preço tem que valer a pena, porque para lavar o cabelo, eu preciso de muito creme. E eu tenho esse cabelão faz muitos anos já. O que a gente chama de cabelo 3C. E no caso do meu, super volumoso. Por isso, eu preciso de bastante creme para poder limpar o comprimento do cabelo e o couro cabeludo, então eu fazia todas essas considerações antes de comprar um produto.

Caramba!

É! Mas isso que eu te falei nem a parte prática, né? Deixa eu contar a parte que se faz em casa.

Conta.

Então, o processo de limpeza eu faço em duas partes.

Uhum.

A primeira delas, que acredito ser a mais comum, é a seguinte: eu coloco algo para assistir na tevê, sento no sofá com uma toalha no meu colo, um pote de creme do lado. E o pote que eu uso tem uma válvula de *pump*, que é uma válvula que você aperta para sair o creme. Muito, mas muito mais fácil de usar.

Saquei.

Aí com a toalha no meu colo, o pote de creme do lado e um pente largo, eu começo. Ah! Esqueci de comentar o óbvio! Antes disso eu molho o cabelo, é claro. Aí de novo: cabelo molhado, toalha no colo, pote do lado e pente. Ah! Também coloco uma toalha nas costas para não molhar a roupa que eu estiver usando nem o sofá! Eu tô esquecendo tudo! (gargalhada)

Sem problemas, Mara! (risos)

Enfim! Aí pego o creme e passo uma primeira vez, uma primeira passada em todo o cabelo. Passo o creme na mão, espalho e passo nele todo. Com o creme já amolecendo o cabelo, eu o divido em pequenas partes e vou passando no comprimento. Vou passando, passando, passando...

Sim.

Aí eu faço isso até ele desembaraçar só com a minha passada de mão, com os dedos. Vou passando, passando, passando. Fazendo isso no cabelo todo.

Haja paciência!

Sim! Com bastante paciência! E depois de passar em todo o comprimento, eu venho com o creme e passo na raiz do cabelo, massageando o couro cabeludo. Eu começo sempre da parte de trás da nuca, indo pra cima. Não sei por que faço assim, vou confessar. Mas faço assim (risos).

(gargalhada)

E você não tem ideia do tanto que é gostoso esse processo de massagear a cabeça, cara! Às vezes eu sinto sono comigo mesma massageando meu próprio couro cabeludo! (gargalhada)

Uau!

Sim! Aí eu faço isso até sentir que o cabelo está todo encharcado de creme, que massageei todo o couro cabeludo, e que eu passei em todo o comprimento. O que significa que ele tá bem limpo.

Sim.

Daí eu vou para o tanque, coloco a cabeça debaixo da torneira e deixo a água cair sem dó e vou esfregando de novo cada partezinha dele para sair todo o resíduo de creme do couro cabeludo. Porque não pode ficar, sabe?

Saquei.

Aí eu vou passando os dedos para o creme sair também do comprimento. Esse processo dá aquela sensação de limpo, mas não com aquela sensação de cabelo bagacento, sabe?

É. Aí eu já não sei (risos).

(gargalhada) Sem problema! Enfim, você sente que o seu cabelo está bem limpo mesmo. Ele não fica macio de creme, mas também não fica ressecado de xampu. Daí é desligar a torneira, passar o condicionador e deixar agir por alguns minutinhos e enxaguar de novo. Só que nesse enxague, eu não enxáguo muito bem. Faço bem mais ou menos mesmo. Deixo sair o excesso e logo, logo, desligo a torneira. Depois disso pego um vinagre...

Vinagre?

Sim! Vinagre! (gargalhada) Daqueles de maçã, sabe? E essa é a segunda parte, inclusive.

Nossa!

Eu misturo o vinagre com um pouco d'água num pote e termino de enxaguar o cabelo com essa mistura. E também não tiro o excesso de água. Já passo logo o creme finalizador do cabelo, o *leave in*, que é o creme de pentear, e depois, com uma camiseta velha, de algodão, importante frisar, seco os fios sem bagunçar os cachinhos que são feitos e deixo secar normalmente e é isso.

Caramba!

É!

(risos)

Falei à beça, né?

Aham! (risos)

Eu avisei! (risos)

Sem problemas! Não me importo. E sim, parece ser uma trabalheira! Mas o resultado compensa.

Olha, nem sei se é mesmo uma trabalheira. Faço isso há tanto tempo que nem sinto mais.

Saquei. E faz sentido. Para mim parece uma burocracia enorme, mas se funciona... (risos)

Burocracia é o que eu tenho no trabalho! Isso sim! (gargalhada)

É verdade! (risos)

E por falar nele, preciso ir, cara. Amanhã, como você bem sabe, tem mais.

Nem me lembre...

Fui!

Vai lá!

Cara, eu tô muito a fim de ler umas coisas diferentes. Daí pensei, "hmmm, acho que o Caio pode me ajudar."

(risos)

Você deve ouvir muito isso, né?

Infelizmente.

Infelizmente? Te incomoda? Se sim, desculpa...

Não! Não é isso. Pois acredite se quiser, mas é que eu não sou muito de ler.

Sério?

Seríssimo. Como estudei Letras, tento trabalhar com tradução e, além disso, sou professor, geral acredita que eu sou desse povo que ama livros.

Foi exatamente o que eu pensei.

Confesso que às vezes até me sinto meio envergonhado. Parece que é uma heresia, sabe? Mas a verdade é que lá na Letras tinha a galera da literatura, mas também tinha o povo da linguística e o povo que era mais interessado no idioma que estudava, o que era o meu caso.

Faz total sentido!

Claro que algumas pessoas têm interesse em mais de uma dessas coisas, mas eu não faço parte desse time (risos).

Entendi. Acontece.

Mas minha mãe gosta muito, mas muito mesmo, de ler. Ela é dessas que tá sempre com um livro na mão. Se bobear, toda semana chega ao menos um título novo lá em casa. Quero dizer, na casa dela (risos).

Hmmm! Interessante!

Inclusive, o livro que eu tô agarrado desde o ano passado é emprestado dela. Vira e mexe eu tento criar o hábito da leitura, mas nunca deu muito certo. Comprei um livro ano passado também, mas não faço a mínima ideia de quando vou pegá-lo.

(risos) Também acontece. E que livro é esse que você tá lendo?

O nome dele é *Sobre a beleza*, duma moça chamada Zadie Smith.

Que nome instigante! Sobre o que trata?

Então, é basicamente a treta entre duas famílias, muito por causa dos pais dessas famílias, que não se bicam. São dois professores universitários que estudam o mesmo tema, mas têm visões bem diferentes sobre ele. Aí meio que se tornam inimigos públicos. Não bastasse isso, o filho de um vai ser estagiário do outro, se envolve com a filha bonita dele, o maior rolé!

Caramba! Fiquei curiosa!

Mas o livro nem é só sobre isso. Tem toda uma questão mais profunda além disso que acabei de falar. Faz a gente pensar sobre a vida, sabe? Sobre nossas escolhas, relacionamentos, sobre como nos sentimos no mundo e por aí vai. É bem interessante mesmo.

E você não tá gostando? Pergunta idiota, pois me parece que tá!

Até que tô. O meu problema mesmo é que é literatura. Eu custo a pegar para ler, e quando pego, custo a me concentrar na leitura. Mas quando acontece, até que vai. Mas cá entre nós, preferia muito mais que fosse um filme (gargalhada).

(gargalhada) Mas olha, me interessei, viu? Acho que vou atrás.

Vai sim! Quem sabe a gente não vai conversando sobre o livro e isso me incentiva a lê-lo?

Olha só! Vamos ver isso então!

Vamos!

Ei!

E aí, Caio? Como é que você está?

Tô bem, Mara. E você?

Eu tô bem. Trabalhando na minha higiene do sono pra ver se prego o olho em breve.

Ah! Então nem vou atrapalhar.

Relaxa! Quando eu for, te aviso.

Tudo bem. Só queria comentar uma coisinha.

Diga lá.

Bem te vi hoje.

Viu?

Sim. Você tava passando lá em frente ao CCAA.

Verdade! Passei por lá. E por que você não falou comigo?

Eu tava em aula. Saí para resolver um negócio um instantinho e te vi passando. Bem que eu queria, mas não dava.

Ah, entendi. Você deve ter chegado em casa há pouco tempo então.
Nada. Cheguei tem um tempo já.
Ah, que bom!
Sim! Bem, não vou ajudar a sujar mais ainda o seu sono. Só queria te contar isso (risos).
(risos) Relaxa.
Beijão!
Beijos.

E aí, Mara? Como é que você está?

Oi. Faz tempo que a gente não se fala. Espero que a senhorita esteja bem.

Psiu! Tem alguém aí?

Oi, Caio. Desculpa o sumiço.
Oi, Mara! Relaxa, sem problemas.
Aposto que você nem esperava mais (risos).
Esperava mesmo não, não vou negar. Mas confesso que também fiquei preocupado. Aconteceu alguma coisa?
Não exatamente. Eu só não tenho andado bem. Com vontade de ficar mais na minha.
Saquei. Mas se você quiser conversar, eu tô por aqui.
Obrigada, mas eu só vim pedir desculpas pelo sumiço. Estava sem disposição alguma para interagir. Acabou que passou o maior tempão desde a última vez que você veio falar comigo e eu te deixei no vácuo.
Relaxa. Se preocupa com isso não. Mas de qualquer forma, preciso perguntar: eu fiz ou falei alguma coisa que te chateou?
Não, não! É coisa minha mesmo. Não se preocupe.
De verdade?
De verdade.

Ufa! Fico aliviado de saber que não vacilei sem querer.
Que isso! Não mesmo. Mas vou lá. A gente se fala num momento melhor.
Tudo bem. Fique bem.

Oi! Como você está?
Oi, Mara! Eu tô bem. Cansado do trabalho, mas bem. Não vejo a hora deste semestre acabar, as crianças tão me matando (risos). E você? Como tá? Melhor?
Sim, um pouco.
Que bom. Antes um pouco do que nada.
Sem dúvidas. E o que me conta?
Olha, não sei. Tanto tempo que a gente não troca ideia, que eu nem sei o que dizer. Mas e você? O que me conta?
Também não sei.
Resolveu o que tava te deixando mal?
Mais ou menos.
Saquei. Às vezes demora mesmo.
É... Na real, eu comecei a ficar com um monte de minhoca na cabeça. Aí foi uma coisa juntando na outra e só piorou tudo. Uma verdadeira bola de neve.
Nossa, sei como é. Mas foram coisas sérias?
De certa forma sim, mas de certa forma também não.
Acho que entendo.
Para completar, esses dias eu ando bolada com essa tragédia que aconteceu com a Marielle. Para falar a verdade, tô mal com isso desde quando aconteceu. Tem hora que passa, mas também tem hora que bate. É foda. Inclusive, é uma coisa que tenho pensado demais ultimamente.
Pode crer.
Sei lá... Já se passaram uns dois meses e a gente ainda tá no escuro. Fica esse falatório em cima dela, um monte de mentiras... É um troço difícil, sabe? E eu nem conhecia a mulher, só a acompanhava de longe.

Uhum. Mas assim... Você acha que ela era inocente mesmo? Como assim, cara?

Sei lá. A mulher veio da favela, acontece isso com ela do nada. Não quero dizer nada com isso, mas acho muito estranho. Acho muito difícil que ela se elegesse sem a permissão do tráfico, dos bandidos da área dela. Aí vem uma coisa dessas, não consigo não pensar que pode ter ligação. E o povo ainda tá colocando a culpa na polícia! Acho isso surreal.

Puta que pariu, cara! Eu não acredito no que você tá me dizendo!

Sei lá. É só uma opinião.

Opinião de merda, né? Puta merda!

Nem sei se opinião, mas um ponto de vista diferente, talvez.

Ponto de vista de merda, isso sim.

Que isso, Mara? Não precisa ficar com raiva de mim. Só tô viajando, pensando em possibilidades.

Tá de sacanagem, cara? Olha o que aconteceu com ela! Você não consegue parar para pensar na dimensão do que você tá fazendo? A mulher sofre uma violência desse tamanho e você vem com mais violência depois? Você tá fazendo que nem esse povo escroto por aí. Tá que nem aquele cuzão que eu me recuso a dizer o nome e que não soltou um pio sobre o que aconteceu porque a opinião dele seria "polêmica demais". E ainda vem concorrer à presidência! Era melhor você ter feito que nem ele e ficado quieto! Porra! A mulher era incrível! Fazia um trabalho bonito à beça, lutando pelo que ela acreditava e você metendo uma dessa? Nossa, cara... Eu tô decepcionadíssima! Uma mulher preta, que não abaixava a cabeça para quem a olhava de cima pra baixo, botando um monte de gente escrota no lugar delas, fazendo um bocado não só pela comunidade dela, mas para um monte de gente nessa merda deste Rio e você, sei lá por que caralhos, colocando um monte de se nessa história. E de certa forma, justificando a merda que aconteceu com ela! Puta que pariu! Na moral...

Que isso, Mara?
Que isso o caralho! Quer saber? Tchau, Caio! Passar bem!
Calma, calma! Não precisa ser assim!
Me erra!

Oi, Mara. Então... Eu não sei se você vai ler isto, mas eu precisava muito falar com você. Pensei em te ligar, mas imaginei que você não iria querer me atender. Também achei que seria abuso demais da minha parte. Bem... Eu só queria dizer que aquele dia mexeu demais comigo. Eu sinto muito por ter te decepcionado, por ter te deixado puta daquele jeito, mas a culpa é minha. É terrível admitir, mas é a verdade. E por pior que aquele episódio tenha sido, acredite, foi importante para mim. Eu realmente não tinha noção da enorme besteira que eu estava falando. E pior, que eu pensava. Se aquilo não tivesse acontecido, talvez eu continuasse com aquelas ideias. E apesar de tudo, fico muito feliz de ver o quanto eu tava errado. Eu fiquei tão mal e envergonhado naquele dia que o único jeito que eu arranjei de deixar isso para trás foi passar a me inteirar de verdade sobre o que aconteceu. E digo mais, a conhecer um pouco de quem a Marielle foi em vida. E você estava certíssima, ela era incrível. Enfim. Não tô dizendo isso tudo da boca pra fora ou porque eu quero te agradar, te convencer. Mas falo porque eu queria que você soubesse que eu precisei passar por um papelão ridículo daquele para entender como eu estava sendo cuzão. E foi graças a você que eu pude me ligar nisso. E o custo, acredite, pra mim foi alto. Por fim, mil desculpas. Mesmo. E obrigado, apesar dos pesares. Espero que você esteja bem. Se cuide.

Oi, Caio. Primeiramente, o que você fez não foi apenas ridículo. Foi também nojento e desumano. Não se faz esse tipo de coisa com alguém que passou pelo que ela passou. Ela tinha família, tinha amigos, tinha uma história. Foi violento. Mais uma violência contra ela. E eu não sei se você consegue entender, embora deveria, o tanto que ela representava para *a gente*. Uma mulher negra que não só quis mudar as coisas, como ousou mudá-las. Que enfrentou quem ninguém tinha coragem de enfrentar, nos mostrando que podemos ser o que quisermos, mesmo que no final das contas tentem nos fazer acreditar que não podemos ser o que queremos, que nem todos os lugares nos pertencem. E o fazem por meio da violência. Sempre ela. Olha... Não vou mentir, eu fiquei extremamente decepcionada contigo, sim. Foi uma frustração que eu não esperava ter que lidar. Você, em momento algum, demonstrou ser outra coisa que não fosse um cara bacana. E eu, que tenho dificuldades de deixar as pessoas entrarem assim na minha vida, estava me abrindo cada vez mais para você. Foi uma porrada, sabe? Porque eu não tô acostumada a lidar com esse tipo de coisa. Meus pais não me criaram assim. Sempre fui ensinada a ter compaixão. Então, se uma coisa terrível como essa acontece, não fico buscando algo que justifique. A gente tava num ritmo tão legal, mas a freada que você deu foi brusca demais.

Eu entendo...

Que bom que entende.

Como eu disse, precisei daquele baque para pôr a cabeça no lugar. Não é desculpa, é só um fato. Enfim, sinto muito. Mesmo.

Tudo bem. Meus pais também me ensinaram que quando as pessoas erram, elas merecem uma segunda chance. Eu não sei se acredito em tudo o que você me disse, confesso. Mas quero acreditar. Espero mesmo que você tenha feito esse movimento todo. Que você tenha entendido a gravidade do que você fez. Que o que você pensa ou diz não é mera opinião quando fere o outro apenas por ferir. Não por ser duro, mas porque não tem propósito, não tem porquê.

Sim...

Também não tô querendo dizer que é porque você merece uma segunda chance que eu vou te dar uma segunda chance. Eu tô muito magoada ainda. Aqueles seus questionamentos carregavam coisas tão ruins... Coisas que afetam a você também

e você nem parece perceber. Não era sobre mim, mas também era. Como também era sobre você e você parece não entender. E não é a primeira vez que isso acontece. Enfim. Está tudo bem entre a gente, mas eu acho que preciso de algum espaço. Por isso também que não te respondi no dia que me mandou a mensagem.
    Sim, compreendo. Você tem esse direito. Já fico muito feliz de você ter falado comigo. Mais ainda por ter sido franca.
    Tudo bem.
    Vou te dar espaço. A gente se fala.
    Obrigada. Até.

Oi. Sou eu de novo. Desta vez serei breve: eu me sinto mal pra caralho por a gente ter se afastado. Sei que te magoei e isso me deixa puto da vida comigo mesmo, porque você sabe, o motivo é inaceitável. Mas sendo bem franco, não queria me afastar de você.
    Oi, Caio. Olha, cara... Eu não sei. Eu vou ser bem honesta. Depois do que rolou, fiquei muito insegura. E eu já era antes, sabe?
    Eu sei que era. Acha que eu não percebi?
    Pois é.
    Olha, eu sei que vacilei feio. E que não tem argumento que vire o jogo para o meu lado. Mas sabe, eu queria recomeçar. E acho que a gente se dava bem. Não queria perder isso.
    Eu não sei...
    Enfim, eu senti que precisava ser honesto contigo. Que precisava te dizer isso.
    Eu agradeço.
    Eu que agradeço.
    Eu não vou te prometer nada, mas garanto, se eu me sentir à vontade ou ao menos disposta, eu te procuro.
    Sim, tudo bem.
    Por enquanto eu só preciso de um pouco de espaço.
    Você tem todo o direito, Mara.
    Bem, é isso.
    Tudo bem. Vou lá. E espero que até logo.

Ei. Como você está?

Ei! Eu estou bem! E você?

Tô bem. Tocando a vida. Ela não para, você sabe.

É! Não para mesmo.

Como prometi, andei pensando no que você me falou.

E aí?

Confesso que não sei o que eu estou fazendo. Em outros momentos eu teria *deletado* você da minha vida, mas também não quero te definir eternamente por conta de um momento, por pior que ele tenha sido.

Nossa... Obrigado mesmo!

Agradeça aos meus pais, que sempre falaram tanto da importância das segundas chances (risos).

Espero ter a oportunidade!

Enfim, morreu. É isso. Passado.

Fechado!

E já que vamos recomeçar, vamos fazer isso direito: me fala do Zé Alfredo! Como é que ele tá?

Nossa! O Zé tá lindão, você não tem ideia! Deixa eu te mandar uma foto que eu fiz dele esses dias!

Caramba! Que coisa mais linda!

Não é?

E ele tá enorme!

Sim! Cresceu pra caramba! E muito rápido! Nem parece que um dia já coube inteiro na palma da minha mão!

E ele continua levado?

Olha, acalmou bem. Tá cada vez mais sisudo, sabe?

Combina com a elegância dele!

Pode crer! É cada pose, que eu nem te conto!

Conta mesmo não, manda foto!

(gargalhada) Pode deixar! E o Bento? Como tá?

Como sempre. Bruto, atrapalhado, mas muito carinhoso.

Ah, que bom saber!

Segue saudável, ativo. Minha mãe diz que é um cachorro feliz.

Ah, sem dúvida alguma ele é!
E as novidades?
Olha, pouquíssima coisa mudou esse último mês. E por aí?
Nada demais também.
Mas todo mundo com saúde?
Todo mundo com saúde, graças a deus. E sua mãe?
Aquela ali é a personificação da saúde, minha filha!
(gargalhada)
(gargalhada)

Acabo de perceber que nunca conversamos sobre música. E estou honestamente impressionada com isso.
Pode crer! Esse assunto nunca apareceu para a gente.
E olha que a gente foi se falar de verdade justo no carnaval.
Pode crer! E é uma das coisas que eu mais amo. Que falha a minha.
A nossa! Mas me diz, o que você curte ouvir?
Putz! Muita coisa! Eu sou bem eclético, mas a minha paixão é o rock.
Mas é eclético mesmo ou é que nem esses rockeiro maluco que metem essa, mas torcem o nariz para tudo?
(gargalhada) Sou bastante. Mas claro, tem umas coisas que eu não curto mesmo.
Tipo o quê?
Tipo sertanejo universitário.
Esse é o tipo de coisa que eu só ouço em festa.
Eu com funk.
Me surpreenderia se fosse mais do que isso (risos).
Mas diferente dessa galera por aí, não tenho nada contra, tá? Até curto. Mas não é a minha *vibe* ouvir em casa. Acho que não tem clima.
Faz sentido.
E você? O que curte?
Ah! Eu curto muita coisa! Só não sou muito fã de rock

pesado (risos).

E o que é rock pesado para você?

Sepultura, Iron Maiden, essas coisas. Eu gosto dum Red Hot, um Lenny Kravitz, aquele lindo (risos).

(gargalhada)

E você, que bandas você gosta?

Eu também não gosto de rock muito pesado não. Até gosto do Sepultura, mas é tipo a minha exceção, sabe? Talvez por serem brasileiros. Gosto de banda que nem a Guns, a Foo Fighters, Audioslave. E gosto de Red Hot e Lenny Kravitz também (risos). Sou meio farofeiro, como diriam meus amigos.

Saquei. Mas assim, rock nem é a minha praia, na verdade. Gosto, ouço, mas é superficial. Gosto mesmo é de MPB, de samba. Amo um pagodinho!

Ah! Tem muita coisa aí que eu gosto. Quem você gosta?

Muita gente! Milton Nascimento, Djavan, Elis... Tem umas cantoras novas que eu amo o trabalho, a Xênia França e a Luedji Luna! Conhece?

Não conheço! Vou ouvir!

Espero que você goste! Elas são maravilhosas!

Minha mãe ama o Milton Nascimento!

Meus pais também! Como dizia a Elis, é a voz de deus, né?

Aposto que a Dona Alcione iria concordar!

Espera! O nome da sua mãe é Alcione?

Sim!

Nossa! Nome de outra de minhas musas! Como eu amo aquela mulher!

Ela também! Vive chamando ela de xará pra lá e pra cá!

Eu faria o mesmo! Quem é que se chama Alcione por aí?

Aposto que vocês se dariam bem.

Hunf.

Que foi?

Nada.

Enfim, a gente tem que marcar um showzinho então.

Claro! Podemos conversar. Curte hip-hop?
Não muito.
Ah!
Mas tô aberto à experiência.
Boa! Tô seca num show do Black Alien! Nunca consigo ir. Sempre dá alguma coisa errada.
Pô! Vira e mexe ele tá no Circo Voador.
Sim! Inclusive, amo o Circo! Minha segunda casa!
Lá é maneiro mesmo.

Mara.
Oi, Caio! Aconteceu alguma coisa?
Vou ser direto e reto: queria te chamar para sair.
Eita!
Tava morrendo de medo de te dizer isso, ainda mais depois de tudo, mas... É isso.
Eu não estava esperando.
E aí, topa?
Nossa, você me pegou desprevenida.
Se não quiser, eu entendo.
É que não é simples assim...
Tu já tá saindo com alguém?
Não, não! É que assim... Não sei.
Tudo bem, tá tudo certo.
Vamos fazer assim: topa sair *descompromissadamente*, uma cerveja, algo do tipo? Acho que eu ficaria mais confortável.
Perfeito! E tu escolhe onde.
Conhece o Bar da Tânia?
Não!
Pois deveria!
Fechou então. Bar da Tânia. Sábado?
Eita!
(gargalhada) Pode ser quando você quiser.
Não, tudo bem. Sábado então!

Mas esse bar fica onde?
Aqui em Queimados mesmo.
Beleza! Na sexta a gente combina direitinho?
Ótimo!
Dois pontos, parêntese.
Dois pontos, parêntese.

CAPÍTULO CINCO
Bar da Tânia

Estar em um metrô quando não se quer estar em lugar nenhum pode ser nauseante. O corpo sabe que se está em movimento, mas esse movimento ganha outro sentido. Não se vai mais apenas do ponto x ao y. Se vai também por entre o tempo e o espaço. E esse tempo e espaço também assumem outras formas. Não são mais familiares. São *sui generis*. Disformes. E só se passa a compreender a amálgama de cores e luzes que correm de maneira tresloucada de um lado para o outro quando elas começam a se tornar palpáveis. O que também é sinal de que se está se tornando parte desse lugar-nenhum que existe no agora e em meio a um lugar-algum. Essa ausência presente tem motivo: as dezenas de pensamentos mudos que não param de fazer barulho dentro de nossa cachola. Eles não param de gritar, mas não conseguimos entendê-los. O pouco do que é possível captar, é feito disco arranhado. A gente pesca algo aqui ou ali, mas a clareza da composição tende a se perder. Então, tudo muda em um segundo quando você identifica o que diz a placa da estação: é onde você precisa descer. Seu corpo volta do transe e, por instinto e impulso, se joga para frente, atropelando tudo pelo breve caminho do lugar que se está até à porta que se destina. Por pouco não dá tudo errado.

A estação de Botafogo é sempre uma gastura para Caio. Ele nunca sabe para qual lado seguir. Se é em direção aos acessos A, B e C ou aos acessos D, E e F. Tende a seguir seus instintos, o que geralmente dá certo. Mas hoje não. Hoje, seus instintos embaralhados fizeram com que ele saísse pelo acesso B, na Muniz Barreto, quando na verdade, ele queria era respirar o ar da cidade pela Voluntários da Pátria, acesso F. Jogou a cabeça para trás, bufando. Então deixou os ombros caírem para frente. Afinal, agora terá que andar um pedaço maior de chão à toa.

Quando foi avistado pelos amigos, eles fizeram a festa. Túlio – já meio bêbado – se levantou e correu em sua direção de braços abertos. Num é que você veio mesmo, ele disse, dando alguns tapas no peito de Caio, como se este não estivesse semana sim, semana não com ele e o restante do pessoal. Mas bem que naquela noite Caio pensou em furar. Além de não estar no pique, odiava aquele amontoado de bares que se misturavam uns aos outros e todos às calçadas. Mesmo ao ar livre, sentia-se um tanto claustrofóbico.

Não demorou muito, a garçonete apareceu com um copo. Bernardo, gentil como sempre, o encheu de pronto. Caio agradeceu. Acontece que assim que deu o primeiro gole, seu estômago resmungou. Não estava mais tão na *vibe* de cerveja naquela noite. Porém, iria encarar uns três ou quatro copos, quem sabe, para tentar evitar comentários do grupo. Conversa foi, conversa veio, o foco se esvaiu e o pensamento tomou o rumo que quis. Esqueceu do Túlio, do Bernardo, da Ritinha enquanto a gargalhada da Dora mais a voz do Umberto foram sumindo em *fade out*... Não adiantou medir força, quando menos viu, Caio estava rememorando o dia que passou em Queimados.

Assim que Mara entrou no campo de visão de Caio, a timidez se apossou do corpo dele, fazendo com que imediatamente passasse a observar a arquitetura dos prédios e lojas em torno da mini pracinha onde ele a esperava. Mara percebeu e deixou um sorriso escapar, virando atriz daquele teatro quando ele fingiu surpresa com a chegada dela. E aí, ela disse, e aí, ele repetiu. Dois beijinhos no rosto, um abraço desengonçado – Caio teve medo de bagunçar o cabelo de Mara.

"Para você que não conhecia o Gelly, tcharã", disse Mara, com os braços levantados na altura do peito, palmas das mãos para cima, apontando para a loja à frente dos dois.

"Ah, mas esse é o Gelly? Se você tivesse me dito que era o mercadinho, eu teria me ligado."

"Mas eu disse que era o mercadinho."

"É verdade... Acho que eu que mosquei mesmo."

"Hunf! Vamos? Além de querer te apresentar o melhor bar desta cidade, esse sol tá de matar. Preciso de uma cerveja beeeeemmm gelada."

Caio sorriu e soltou um bora!

Mal puxaram as cadeiras para se acomodarem à mesa, Caio percebeu por que Mara gostava tanto daquele bar. As paredes verde-água, as mesas de plástico carinhosamente cobertas com forros que lembram casa de vó e com um vasinho de flores sobre cada uma delas, postas de maneira despojada pela calçada afora, mais a caixa de som esporrando as músicas escolhidas pelos fregueses, davam um tom todo familiar para aquele espaço. Próximo a eles, um casal ocupava uma mesa encostada à parede, imersos um no outro. Mais à frente (e próximo à caixa de som), alguns amigos gargalhavam sem pudor. Na rua, um grupo de crianças menores brincavam de pique-pega; outro, de meninos maiores, dibicavam suas pipas com a seriedade de um cirurgião em meio ao seu ofício. Caio não sabia que precisava tanto daquele lugar.

Não bastasse a primeira impressão que já fez Caio sentir-se em casa, logo, logo foram recepcionados por uma moça negra de meia-idade tão sorridente que parecia ser a própria alegria em pessoa.

"Mara, minha filha, quanto tempo! Achei que tinha me abandonado", disse, enquanto Mara se levantava para abraçá-la.

"Que isso, Dona Tânia! Mas jamais que eu faria uma coisa dessa com a senhora! Os dias que andam naquele ritmo, sabe?"

"Ô, posso imaginar, minha filha! E quem é esse bonitão que você trouxe contigo?", perguntou, agora se dirigindo a Caio para cumprimentá-lo.

"Esse é o Caio, Dona Tânia. Um amigo que tinha que conhecer o seu bar", Mara respondeu.

"Muito prazer, Dona Tânia!"

"O prazer é todo meu, querido! Fique à vontade, tá?"

"Já estou!"

"Ah, que bom", Dona Tânia respondeu. Então virou-se para Mara e disse enquanto fazia um carinho em seu ombro: "Ah, pretinha! Você é demais! Mas deixa eu correr para cuidar das coisas lá dentro. Já posso mandar aquela Brahma rucinha para vocês?"

"Por favor, Dona Tânia! Você bebe Brahma, não bebe, Caio?"

"Sim, por mim tá ótimo!"

"Maravilha, crianças! Já estou mandando", disse, saindo tão sorridente quanto chegou.

De repente Mara ficou um pouco sem graça. Aquela era a primeira vez que ela e Caio se viam desde o carnaval. Pensou no quanto ela relutou em dar corda para ele, mas o rapaz parecia tão determinado em se aproximar que foi difícil não dar uma chance. Ele parecia ser legal, por que não? Eis então, o primeiro encontro dos dois. Pera, isso é um encontro?, se perguntou, e preferiu tirar essa ideia da cabeça.

Já Caio estava um tanto tímido desde que se encontraram. Depois que ele levou o passa-fora de Mara, achou que as chances com ela, que já não pareciam muitas, tinham se esgotado de vez. Para seu alívio, os planetas foram se alinhando e agora estavam os dois ali, cara a cara. Ele só não contava que fosse ficar tão nervoso.

Quando Mara percebeu que o atendente se aproximava, perguntou a Caio se ele estava com fome. Ele disse que não, mas topava pedir algo para comer. Ela deu glória a deus, pois economizou no almoço porque queria guardar estômago para a porção de aipim frito da Dona Tânia. Das melhores coisas desta vida, ela garantiu.

"Preciso te fazer uma pergunta importante, Caio. Como é que está o Zé Alfredo?", Mara perguntou, tentando quebrar o gelo que ainda havia entre os dois. Caio gargalhou.

"Você sempre pergunta do Zé quando não sabe o que dizer, né?"

Mara riu, se entregando, mas tirou de letra: "Acho que você não entendeu, cara. A gente só se fala porque eu quero saber daquele gato. Se ele não existisse, a gente não estaria nem aqui", disse, dando uma piscadela e um gole na cerveja.

Caio riu, reconhecendo a precisão daquele contragolpe. "Ele está ótimo, tá grande. Bonito. Saudável. E acho melhor parar por aqui se não a gente só vai falar dele. Cê sabe, sou completamente apaixonado."

"Olha, eu não me importaria de passar o dia falando dele."

"Nem eu. Mas eu quero falar de você também."

"*Touché*."

Caio sorriu, então disse: "Confesso que achei que você iria desmarcar hoje."

"Cara, foi por pouco, também confesso. Falei sério com a Dona Tânia, esses dias estão pegados."

"Nossa, nem imagino. Mas fico feliz de saber que não era algo pessoal."

"Definitivamente não seria. E sinceramente, estava precisando pisar no freio. Que bom que a gente tinha essa cerveja marcada."

"Eu que o diga! Mas me conta, por que esses dias estão tão difíceis? Trabalho mesmo?"

"Principalmente. Até tinha outras coisas para resolver, mas tem dias que o banco não dá uma folga."

"Não sei se é porque sou de humanas, mas imagino que lidar com tantos números deva deixar a cabeça pesada."

"Falando por mim, até que acostumei. Embora nunca tenha deixado de me impressionar toda vez que preciso lidar com muito dinheiro. Mas o que mata mesmo é lidar com o povo que é dono desse muito dinheiro. Às vezes é uma grosseria que só, mas... Não quero falar sobre isso, cara. Ó o nosso aipinzinho aí para me salvar!"

"Com licença", disse o atendente.

"Obrigada, querido", disse Mara.

Caio apenas ensaiou um sorriso para ele.

"Não sei o que tá melhor, a cara ou o cheiro."
"O sabor, sem dúvida o sabor! Come só, cara!"
"Sim, maravilhoso!"
"Experimenta esse molho verde aqui, você vai pirar!"
"Deixa eu ver... Nossa! Mentir você não mentiu mesmo! Bonzão!"
"Falei, cara!"

Alguns litrões depois e os dois já pareciam amigos de infância. Mara se escangalhava de rir da seriedade com que Caio tratava alguns assuntos completamente aleatórios que ele trazia para a mesa de forma mais aleatória ainda. Como por exemplo, quando ele danou a falar do porquê nosso cérebro congela quando tomamos sorvete. Abre aspas, Mara, você está ligada no motivo pelo qual nosso cérebro congela quando a gente come ou toma algo muito gelado, tipo sorvete? Não? Então! Antes de mais nada, existe um nome científico para esse congelamento, que é ganglioneuralgia esfenopalatina. Pois é. Esse troço de nome estranho é uma espécie de dor de cabeça, sabe? E ela sempre acontece quando a gente come ou bebe algo frio demais muito rápido. E essa mudança bruta de temperatura causa um tipo de choque térmico, sacou? E esse choque térmico faz com que os vasos sanguíneos se contraiam, acertando em cheio a artéria cerebral anterior, que é um vaso sanguíneo importantíssimo que a gente tem, pois é ela que manda sangue oxigenado para os lobos frontais do nosso cérebro. Aí toda essa coisa faz uma bagunça que resumidamente congela o nosso cérebro, fecha aspas. Mara terminou de ouvir todo esse papo boquiaberta e de testa franzida. Chegou a cogitar perguntá-lo por que diabos ele jogou aquele bando de informação estranhamente inesperada em cima dela, mas por fim só conseguiu cair na gargalhada. Era óbvio que Caio estava tentando impressioná-la, ele só não levava muito jeito para a coisa. Mas a despeito disso, aquela tarde com ele estava bem bacana. Mesmo que de forma um tanto quanto atrapalhada, a química entre eles estava fluindo bem.

Caio, é preciso reforçar, estava nervoso, coitado. Por isso tanto passe errado. Caso estivessem dançando, os pés de Mara estariam esmigalhados, certeza. Mas ainda assim, estava feliz. Sentia a moça à vontade, o que tirava um baita peso de suas costas. Por vezes, quando conversavam, ela parecia fechada demais. E por mais que tentasse perfurar a redoma em torno dela, quase sempre batia e voltava. Não sabia se era algo com ele ou se era algo dela. Não foram poucos os momentos em que pensou em abortar essa missão que escolheu para si, mas toda vez que ele trabalhava contra essa vontade de aproximação, algo dava errado. Sentia-se tão eficiente quanto os planos do Coiote para capturar o Papa-Léguas. Mas de novo, Caio estava feliz. Tanto por ter sempre falhado em suas tentativas de se afastar de Mara como por finalmente estarem frente a frente depois de tanto tempo. Estava embasbacado com o quanto aquela mulher era inteligente e articulada. Da mesma forma que ela cantava tudo o que tocava no bar com a maior paixão – quase chorou e perdeu a voz com as músicas do Exaltasamba, como se estivesse apenas a um convite de se tornar nova cantora do grupo junto ao Péricles, como sabia de cor palavra por palavra de "Vida Loka, Pt. 1" –, ela falava bonito a respeito de qualquer assunto, como quando contou que se frustrou com a leitura que fez de *Mulheres, raça e classe*, da Angela Davis. Não porque a mulher não fosse foda, ela deixou claro, mas sim porque a todo momento ela sentia um distanciamento enorme entre as experiências das duas. Mara conseguia reconhecer por que ela era um ícone, mas que de fato, ela falava com as mulheres estadunidenses e, com isso, sentia-se carente duma referência brasileira tão potente quanto. Ouviu falar da Beatriz Nascimento, da Sueli Carneiro e da Lélia Gonzalez, acrescentou, mas ainda não tinha conseguido tempo para pesquisá-las. Mas que mulher é essa, Caio se perguntava. Havia caído no canto da sereia.

Quando estava dando sete horas da noite, Mara lamentou internamente, mas precisava se organizar para ir embora. A notícia balançou Caio, que sentiu o estômago revirar de súbito. Ela esticou o braço para chamar a atenção do atendente e sinalizou que queriam a conta. A ansiedade bateu e fez os músculos dos braços, ombros, peito e pescoço de Caio se contraírem. Ele não queria que aquele dia acabasse tão do nada.

Quando o atendente voltou com a conta, Caio se adiantou e a pegou, dizendo para Mara não se preocupar. Ela não aceitou e bateu o pé, iriam dividi-la. Tiveram um breve embate do qual ela saiu vitoriosa. Quando Caio disse não entender por que ele não poderia fazer aquela gentileza, ela respondeu na lata: primeiro, você é professor, segundo, eu devo ganhar bem mais do que você. Era pra eu pagar essa conta inteira. Caio gargalhou e disse que aquele era um ótimo argumento. Ela suspirou, disse que por um segundo ficou com medo de ter sido escrota sem querer. Caio disse que sim, ela foi, mas iria deixar passar daquela vez. Ambos gargalharam.

"Como você vai pra casa?"

"Não sei. Acho que vou andando. Tá cedo ainda, é de boa."

"Se você não se importar, gostaria de te acompanhar."

"Não sei, cara... Será que não vai ser contramão para você?"

"Olha, não me importo mesmo. Mas... Onde é que você mora? Estranho que nunca te perguntei isso esse tempo todo."

"Verdade. E também não te perguntei onde sua mãe mora. A propósito, você vai ficar em Queimados, né?"

"Não sei ainda. De qualquer forma tenho que ir na minha mãe, minhas coisas tão lá."

"Saquei. Então, eu moro perto da Casa de Gondomar. Um pouco depois, próximo da Orla do Fanchem."

"Orla do Fanchem! Eu adoro esse nome!", Caio disse, soltando uma gargalhada breve.

"É ridículo", Mara disse, também rindo.

"Mas então, é perfeito. Eu posso atravessar o pontilhão, o famigerado Buraco do Max, e logo, logo tô na casa da minha mãe. Ela mora perto do Betel, o colégio."

"Mas você tá maluco de atravessar o pontilhão a essa hora, né?", Mara protestou.

"Ah, eu vou sem problema algum, viu?"

"Mas é perigoso, Caio!"

"Relaxa, sempre fiz isso. Além do mais, foi-se o tempo que lá era essa coisa. Sem contar que tô meio bêbado. Num dizem que deus protege os bêbados?", e ambos gargalharam novamente.

Caminhavam a passos calmos entre silêncios e brincadeiras. Caio queria mais do que teve até aquele momento. Mara não sabia se queria ir além ou não. Trocavam sorrisos tímidos, comentavam amenidades quaisquer. Não se precisa de muita ação ou diálogos profundos para se fazer presente. Ambos sentiam fazer parte daquele momento, daquela dança. Mara se abraçava, Caio tinha as mãos nos bolsos da bermuda. Olhavam para o chão quando não olhavam um para o outro. Sem mais nem menos, Mara parou e se virou para Caio. Bem, eu moro aqui, ela disse apontando com o dedo polegar para a casa às suas costas sem descruzar por completo os braços, depois fazendo do corpo gangorra, se balançando com os calcanhares. Caio olhou a casa de cima para baixo, de baixo para cima. Tornou a olhar para Mara. Forçou um sorriso na tentativa de esconder que não queria se despedir. Não assim, não tão já.

O clima entre os dois mudou da água para o vinho. O inverno de seus estômagos passou a ser inverno dentro daquele espaço em torno dos dois, que Caio não sabia se era a redoma de Mara ou alguma outra coisa que os mantinha envoltos. Será que agora eu consigo chegar perto dela?, se perguntou. O olhar esquivo de Mara parecia adiantar os movimentos de seu rosto. De repente se deram conta de como poucos segundos podem durar tempo demais ao mesmo tempo que transcorrem num piscar de olhos. A insegurança ajudava a completar a composição daquela cena.

"Vou lá, cara. Obrigado pela companhia", disse Mara, com alguma timidez. Essas palavras cortaram Caio que nem caco de vidro quando rasga o pé. Uma sequência incontável de nãos corria em círculos em sua mente enquanto ele se aproximava dela com um abraço.

"Até mais. Foi bom te ver!"

"Foi mesmo. E por favor, cuidado com esse pontilhão."

"Deixa comigo!", disse Caio, enquanto se afastava para seguir seu rumo.

Só que num rompante, Caio deu vazão ao fervor que o contorcia o âmago, chamou Mara pelo nome e se lançou em sua direção. Ela se virou num *oi* vacilante e em um primeiro momento sentiu a inércia tomar conta de suas pernas. O aproximar de seus corpos ardia como se algo fosse consumi-los. O contato parecia iminente, até que Mara fez com que aquele instante se rompesse. Com a mão esquerda bloqueando Caio, se fez escorregadia e apenas murmurou, desculpa, Caio, desculpa, sumindo portão adentro.

Qualquer tensão que pudesse haver na travessia do pontilhão não fora perceptível. A luz que fazia daquele túnel parecido com qualquer túnel do mundo não passou de um relance. Quando menos viu, Caio já estava chegando na casa de Dona Alcione. Deu boa noite a Dona Sueli e a Dona Bárbara, as olheiras da rua, e em vez de entrar, sentou-se no meio-fio em frente de casa. Pôs os cotovelos sobre os joelhos enquanto esfregava os olhos com a mão esquerda. Não conseguia pensar muito, ficou ali apenas contemplando a rua onde cresceu.

Lembrou-se de olhar o celular. Praticamente não o futucou durante o dia, mas sabia que algumas mensagens haviam chegado. A maioria era o de sempre, nos grupos aqui e acolá, mas também de Túlio. *Tamo indo pra Botafogo tomar umas cervejas. Fechou?* Chegou a escrever que não, que iria ficar pela mãe, mas mudou de ideia. *Vou sair de Queimados já, já. Só vou passar em casa antes, jogar uma água no corpo e cuidar do Zé Alfredo. Qualquer coisa avisa.*

Já estava batendo meia-noite e Caio não se aquietava, nem prestava atenção aos amigos. Não estavam na mesma frequência. Era melhor ter ficado com a sua velha. Ou ter pedido algo para comer quando chegou em casa e ter se assentado por lá. Lembrou-se então que ali na Praça Nelson Mandela vendia um acarajé do qual gostava demais. Resolveu dar um pulo lá para ver se a barraquinha ainda se encontrava aberta. Ao menos essa caminhada já o ajudaria a ficar um pouco sozinho. Avisou à galera e comemorou internamente quando ninguém ofereceu companhia. Um pequeno alívio.

Havia movimento na praça, talvez por isso o povo do acarajé ainda estava trabalhando. Pelo menos uma vitória. Vai o vegano ou tradicional, O tradicional, claro, E para beber?, Tem Guaravita?, Tem, Me vê um por favor. Saboreou sem pressa enquanto observava sem interesse algum aquelas almas vivas que passavam para lá e para cá. De repente, quase que por acidente, percebeu uma agitação curiosa próxima à Livraria da Travessa. Não conseguiu identificar o que estava rolando e ficou tentado a dar um pulo lá para descobrir. Não antes de pedir outro acarajé e mais um copo de guaraná natural. Ainda estava com fome.

Ao se aproximar da muvuca que o fez colocar o cu pra rolo, percebeu que talvez pudesse atrapalhar. Era uma equipe de filmagem. Estavam gravando uma cena na qual duas mulheres que pareciam namoradas em uma fase ruim do relacionamento discutiam enquanto um cara mais à frente, um amigo, um irmão, amante de uma delas, talvez, esperava. Perguntou por meio de sinais improvisados a um rapaz que parecia ser da equipe se podia assistir e ele, de um jeito bem simpático, fez que sim. Ficou ali quietinho olhando a cena enquanto mordiscava seu bolinho de feijão fradinho.

Quando a gravação terminou, geral bateu palmas, assoviou, fizeram aquela algazarra para as atrizes. E com razão, Caio pensou. Para ele, aquelas minas pareceram as próximas Marieta Severo e Zezé Motta. Pensou em cumprimentá-las, mas ficou acanhado.

Estava pronto para se retirar quando seus olhos cruzaram com a moça que parecia ser a mandachuva daquela galera. Ele levou um susto enquanto ela soltava um *uou* bem grande. Não podia ser.

"Ei, você é o carinha do Starbucks, não é? Caio, se não me engano!", ela disse, depois de correr em sua direção.

"Isso! Nossa! Jamais imaginaria que iria topar com você de novo!"

"Porra, bicho! Nem me fala!"

"Seu nome é... Luiza, certo?"

Ela fez uma careta. Caio gelou, achou que tinha errado feio o nome. Com a boca esticada para baixo e os olhos arregalados, balançando a cabeça num sim inseguro, ela disse:

"Sim... E não...", e soltou uma risada constrangida. "Eu já te explico. Mas antes vem cá!"

Puxando Caio pelo braço, Luiza que não era mais Luiza correu de volta para os amigos, gritando:

"Gente, gente! Lembra que eu disse para vocês que graças a um maluco no Starbucks a gente não perdeu o patrocínio? Então! Foi ele! Caio, o nome!"

A algazarra que fizeram anteriormente para as atrizes agora fora feita para ele. Caio não sabia onde enfiar a cara. Até porque ele não acreditava ter feito nada demais naquele dia.

"Bicho, cê tá com pressa?"

"É... Não, não. Tava num bar com uns amigos, daí resolvi vir comer."

"Pô, então dá pra marcar um dez? Vou só organizar as paradas aqui para partir, mas queria trocar uma ideia contigo."

"Claro! De boa!"

"Beleza então!"

"Pô, cê me ajuda a levar essas coisas lá pra casa? É aqui pertinho."

Essa pergunta pegou Caio de guarda baixa. Como assim aquela mulher que não o conhecia nadica de nada estava tranquila com a ideia de levar um estranho para dentro de casa? Apesar disso, topou. Mas ficou mais confuso ainda quando se deu conta de que nem um dos amigos dela os acompanharia. Sem aviso prévio, os que ainda estavam ali entraram num carro de aplicativo e se foram.

Caio estava um tanto sem graça, mas Luiza que não era mais Luiza, não. Ela tava falando pra caralho, como se eles se conhecessem há uma cara. Comentava com ele que a ligação que ela recebeu no dia que se conheceram tinha tudo para mudar a vida dela e do coletivo do qual fazia parte. Ela tinha acabado de ser chamada para uma entrevista para saber se assinariam ou não um contrato de uma proposta de captação de recursos que ela havia submetido semanas antes a fim de tirar um projeto do papel. Graças a ele deu tudo certo, ela disse, e aqui foi a vez de Caio fazer uma careta, discordando daquele absurdo. E aquela cena que ela e seus parceiros haviam acabado de filmar só foi possível graças àquela grana, completou.

"Qual é o nome do filme?"

"*Ninguém Nos Prepara Para o Amanhã*. Mas num é um longa não, tá? É um curta. Mas com esse investimento, as chances de dar bom em festivais são ótimas", disse, empolgada.

"Que bacana!", respondeu Caio, sem entender muito como aquilo funcionava, mas falando de coração.

"E aproveitando o ensejo... Como assim você é e não é Luiza?"

Ela gargalhou.

"Então, longa história!"

"Acho que temos tempo", ele disse, rindo.

"Mas e seus amigos?", ela perguntou, com uma preocupação que parecia ser genuína.

Caio riu e disse: "Ah, deixa eles pra lá. Quando derem por minha falta, eu invento uma desculpa e tá tudo certo."

"Certeza?"

"Certeza."

"Então tá bom, hein? Mas então... Éééé... Luiza. Acontece que o meu nome não é Luiza. Meu nome na verdade é um tanto quanto *exótico*, digamos assim. E por mais que eu tenha um apelido bem simples... Inclusive, prazer, Lah!", disse, esticando a mão para Caio, que de pronto a apertou respondendo, "Prazer, Lah."

"Como eu ia dizendo, por mais que eu tenha esse apelido simples, que é como todo mundo me chama hoje em dia, desde nova, sempre que tenho que dar meu nome em algum lugar e eu não precise comprová-lo, digo que é Luiza."

"Mas por que Luiza e não Lah? Tão mais simples!"

"Sei lá. Sempre fiz assim. Meio que internalizei. Aí, naquele dia, não sabia se você tinha visto meu nome no copo ou não, então disse que meu nome era esse. E convenhamos, nunca imaginei que iria te ver de novo", disse, rindo.

"Pois é! Eu jamais achei que iria te ver outra vez também. Mas pensando bem, acho que eu devo passar a me acostumar com esse tipo de imprevisibilidade."

"É uma boa", disse Lah, logo após uma gargalhada. "Tem acontecido muito com você?"

"Passou de uma vez pra mim já é muito."

"Bom ponto. Ah! Moro naquele prédio ali", disse, apontando.

"Perto mesmo."

"E qual é o seu nome verdadeiro? Não que Lah não seja, você me entendeu."

"Oi, Seu Geraldo! Boa noite!", Lah disse para o porteiro do prédio.

Caio apenas ensaiou um cumprimento de cabeça a ele.

"Oi, minha filha. Tudo bem? Como foi a gravação?"

"Foi ótima, Seu Geraldo! Assim que eu puder, te mostro o filme! E esse aqui é o Caio, tá comigo. Mas filma bem a cara dele porque se me acontecer algo, foi ele. Não o conheço", disse, com a mesma naturalidade com que respirava. A reação de Caio foi de total espanto. Seu Geraldo respondeu com uma gargalhada, seguida dum pode deixar.

Caminharam até o elevador, e enquanto esperavam, Lah continuou.

"Então, meu nome é Lakshmi."

"La o quê?", Caio perguntou, em choque.

"Lakshmi", disse Lakshmi, diante daquela reação que não era novidade alguma para ela.

"Caô!"

"Tô te falando."

Assim que entraram na caixa de metal, Lah apertou o número sete, depois mexeu em sua bolsa, pegou a carteira e tirou a identidade de dentro dela e passou para Caio.

"Lakshmi Araújo Salles. Puta merda! Com todo o respeito, que que seus pais tinham na cabeça para colocarem um nome desse na filha deles?"

"Meus pais são doidos, bicho!"

"Eu tô vendo!"

"Então, meus velhos se conheceram num retiro espiritual que rolou em algum lugar dos anos oitenta lá nos cafundó de Minas Gerais. Era um retiro hindu com um guru que, pelo que eles contam, era indiano e esses negócios todo aí. Se apaixonaram que nem esses casais de comédia romântica e no mês seguinte já estavam de volta ao Rio, só que morando junto. Pois é. Pouco tempo depois, acertaram a bola na caçapa e eu vim a este mundo. Como o tal retiro era em homenagem à deusa Lakshmi, a esposa do deus Vishnu, e também a personificação da prosperidade, sobrou para mim a honra – tô sendo irônica, tá? – de carregar o nome dela. Sorte a minha ter pais hipongas. E eles são hipongas até hoje!"

Caio estava quase desmontando de tanto rir.

Ao entrarem no apartamento, Lah pediu para que Caio tirasse o tênis perto da porta. Disse acreditar que assim se leva menos poeira da rua para dentro de casa. Caio sorriu para si mesmo, pois ele tinha o mesmo costume. Após atender ao pedido, se surpreendeu com a pequenez do apartamento dela. Cozinha, quarto e banheiro. Nada além. Não que fosse lá um absurdo. Sobretudo para uma pessoa que morava sozinha. Porém, a personalidade expansiva de Lah o fez imaginar outra coisa. Ao menos uma sala a mais, alguns vasos de plantas espalhados pela casa, uma janela com vista que não fossem outros prédios. Entretanto, ainda assim era bem aconchegante. Talvez pelo cuidado que ela parecia ter com o lugar.

Lah colocou as bolsas que carregava num canto do quarto. Tão logo pegou a mais pesada, com a maior parte do equipamento – a que Caio ainda segurava – e a pôs no mesmo lugar das outras. Perguntou se ele queria beber alguma coisa, uma cerveja, um refrigerante, sei lá, ao que ele recusou. Ela abriu a geladeira, estalou a boca. Decidiu passar um café. Perguntou se ele tava a fim. Ele ponderou, mas acabou aceitando. Mas não precisa fazer muito, meia caneca tá ótimo, completou.

Enquanto Lah preparava o café, Caio estava ancorado no vão que ligava a cozinha ao quarto, observando-a seguir todo aquele ritual incomum para ele de pegar os grãos frescos, moer na hora, e preparar a bebida numa prensa francesa.

"Você é barista, é?"

"Nada, só curto mesmo."

"E não te dá preguiça fazer isso tudo toda vez que quer tomar um café?"

"Nah! Já acostumei. Faço que nem sinto."

Ela vai até o fim da bancada e pega duas canecas num pequeno porta canecas instalado na parede. "Você prefere seu café quentinho nessa eletrizante caneca do Pikachu ou nessa temível caneca do Darth Vader?", perguntou, levantando cada uma conforme as mencionava.

Caio sorriu. "Nunca fui lá um cara muito chegado em *Star Wars*. Sem contar que o meu sonho de infância era ser o melhor mestre Pokémon que este mundo já viu. Logo... Cê já tem a minha resposta."

Após servir Caio, Lah envolveu a sua caneca com as duas mãos e caminhou em direção à cama, na qual se ajeitou de maneira despojada. De costas na parede, perna esquerda dobrada sobre a cama e perna direita jogada para fora dela, fez um movimento circular com o braço direito se referindo a qualquer parte do quarto e disse para que Caio ficasse à vontade, se sentasse onde quisesse, na cama, na poltrona ou no chão, tanto faz. Ele escolheu a penúltima, pois ela tinha cara de colo.

Ficaram jogando conversa fora. Lah demonstrou mais uma vez preocupação com os amigos de Caio, que garantiu não haver motivo para tanto. Já o rapaz quis saber mais do filme dela, que contou toda empolgada. O *plot* era praticamente o seguinte, ela disse, duas namoradas que viviam uma má fase se desentendiam, terminavam a noite de forma diferente, sendo que uma, bêbada, acabava traindo a outra em um rebuceteio. Elas terminam feio, mas a que vacila acaba ficando doente e elas voltam a se aproximar. É um filme mais sobre perdão do que qualquer outra coisa, sabe? Caio ficou honestamente interessado. Lah disse que ele estava convidado para a estreia, mesmo que ela ainda não fizesse a mínima ideia de quando seria. Ela perguntou onde ele morava, ele respondeu que na Lapa. Ela perguntou se sozinho, ele disse que não, com o Zé Alfredo, e mostrou fotos dele para ela, que ficou encantada. Ele perguntou se ela tinha costume de levar desconhecidos para casa daquele jeito, ela disse um belíssimo talvez, mas só quem ela sentia ser inofensivo. Ele caiu na gargalhada e ela gostou dele ter levado a resposta na esportiva. E por aí foi.

"Acho que preciso ir. Tá tarde, cê deve estar morta."

"Quê? Não! Eu tô super de boa. A não ser que você queira mesmo meter o pé, claro."

"Não, que isso. Nada a ver."

"Então sossega aí, querido. Mas você se importaria se eu tomasse um banho rapidinho? Disso eu tô necessitada."

"Não, claro! Fique à vontade!"

"Você pode tomar também, se quiser."

"Tô tranquilo."

"Beleza, já volto", disse, enquanto colocava uma playlist qualquer para tocar.

Assim que ela o deixou só, Caio se questionou se esse final de conversa não foi uma indireta, que lerdo, não pescou. Mas achou que não, ficou até aliviado de não ter maldado e estragado a noite que estava salvando o seu dia. Pegou o celular, bateria no fim. Mandou mensagem para Túlio, disse que encontrou uns amigos, ficou de papo e iria de lá pra casa. Depois conversava com ele. Procurou o perfil de Lah no Instagram e seguiu.

Aqueles poucos minutos em que Caio teve que lidar com os próprios pensamentos o fez relembrar o sentimento horroroso causado pelo desastre que foi aquele sábado com a Mara. Será que ele realmente viajou e aquela sensação de que as coisas entre eles poderiam rolar foi pura ficção da sua cabeça? Impressionante como um fora pode quebrar a gente. Tentou reviver a tarde e o início da noite para tentar identificar algum sinal que fosse de que as coisas não estavam correndo como havia percebido, mas a cabeça dele ainda estava sobrecarregada. Pensava em tudo, mas não conseguia reter nada. De repente, Lah saiu do banheiro cantando a música que tocava enquanto secava a nuca. Ela sorriu para ele, ele retribui. Ela pendurou a toalha no varal de chão que ficava de frente para a janela e caminhou até a cama, encarando-o enquanto se apoiava nos braços, que estavam pouco atrás de seu tronco. Só aí Caio percebeu que a única coisa que Lah vestia era um shortinho de poliéster cinza-escuro. Vem cá, ela disse. E a partir daquele momento, a última coisa que ocuparia a sua cabeça seria o Bar da Tânia.

CAPÍTULO SEIS
Subenredo

Lakshmi Araújo Salles. Lah Salles. Às vezes Luiza.
 Cresceu em Copacabana, mas escolheu Botafogo para chamar de lar. E não poderia ter sido diferente. Além de ser o lugar no qual se sente mais à vontade na cidade do Rio de Janeiro, crescer em seu antigo bairro já foi o pagamento adiantado pelos seus pecados na Terra. Não fazia nada por lá, não tinha amigos por lá, não suportava nem mesmo andar pelas ruas de lá. Até a praia detestava, preferia a de Ipanema. E como todo ser humano inconformado e que desde que se entende por gente teve os pés fincados no mesmo endereço, ela não perdeu a oportunidade de cair fora assim que teve chance. E isso aconteceu quando Lakshmi conseguiu a tão sonhada vaga no curso de Cinema da Pontifícia Universidade Católica do Rio de Janeiro. Antes mesmo de fazer a matrícula, já estava procurando república para morar. Se mudou meses antes das aulas começarem. Contudo, suas aventuras como moradora da Gávea não durariam muito. Poucos meses depois do semestre letivo ter começado, ela e Caetano, um moço do curso de Filosofia, se apaixonaram de maneira violenta. Com poucos meses de namoro, decidiram morar juntos, e foi aí que a relação com Botafogo começou.
 O relacionamento com Caetano, no entanto, não durou. Pouco mais de um ano dividindo o mesmo teto, ele se tornava um porre cada vez maior. Não queria sair com ela, toda hora falava mal de algo que ela curtia, só fazia reclamar. Apesar disso, Lah insistiu. Até tentar morar em casas separadas para ver se ainda rolava de empurrar aquele relacionamento com a barriga, tentou.

Mas quando ele disse que alugou um apê em Copacabana, Lah sabia que era o início do fim. Quando os pais dela se mudaram para Laranjeiras, ela quase deu uma festa por não ter mais motivos para levar seus um metro e sessenta e três centímetros para aquele território que fazia com que suas vísceras se remexessem. Agora o namorado que ela já não aguentava mais iria se mudar justo para onde ela menos gostaria de estar? Ah, não!

    Certa noite, cansada de ser tratada como pano de chão velho por Caetano, Lah o colocou para correr. Vá pra casa do caralho, praquele inferno de bairro, pra puta que te pariu, só não apareça mais na minha frente! Essas foram suas últimas palavras direcionadas a ele. Ou melhor, berros. Lah nunca tinha levantado a voz com Caetano. Na verdade, com ninguém. E assim que bateu a porta, sentiu um alívio que jamais pensara ser possível. Fora como tirar um hipopótamo das costas. E quando lembrou dos olhos de seu agora ex-namorado, esbugalhados de tanto terror, ela caiu na gargalhada. Decidiu então duas coisas importantes para a sua vida: pediria a maior pizza que encontrasse para entrega naquela hora e, a partir daquela noite, o único relacionamento sério que ela teria seria com o cinema.

Dois anos e meio após aquela noite em seu apê, Lah ainda estava tentando descobrir como fazer as coisas darem certo. Passou o ano seguinte focada na faculdade e o resultado dessa entrega não poderia ter sido melhor. Mas desde que seus dias de PUC chegaram ao fim, a realidade do mundo tem se mostrado bem diferente do jardim florido que ela sempre imaginou. Na verdade, tudo o que ela via eram sapatos sociais esmagando suas flores sem dó algum. Ou você enche o bolso de alguém ou seu trampo não tem valor. Toda e qualquer oportunidade que lhe aparecia passava ao largo das suas pretensões artísticas. Recusou empregos e mais empregos porque eles não eram exatamente o que ela queria. Até que a consciência pesou: sabia que os pais continuariam a ajudando a alcançar seus sonhos sem nem pensar duas vezes – como já faziam com o aluguel e algumas contas. Isso não era problema algum para eles, mas algo começou a incomodá-la nessa maneira de tocar a vida. Resolveu se mexer e passou a prestar serviços para agências de publicidade, a dar aulas em cursos livres por aí afora etc e etc. Até mesmo se aventurar fotografando eventos da noite carioca quando algum bico lhe caía no colo, se aventurou. Por ser uma pessoa tão querida e ter um baita QI, as coisas se encaminharam até que bem para Lah. Era a vida que ela sempre sonhou? Não. A moça queria mesmo era estar nas fileiras dos grandes festivais de cinema, cheia de gente importante ao seu redor, esse tipo de coisa. Porém, reconhecia: até que o andar da carruagem não estava sendo tão desconfortável como sempre julgou que seria caso tivesse uma vida que, para os seus parâmetros, era apenas normal. Mas e agora? Seria só isso? E o propósito da sua existência?

Tudo mudou num piscar de olhos, quando, a contragosto, aceitou o convite duma amiga dos tempos de faculdade e participou de uma pequena mostra de cinema independente que ela organizou no Ateliê da Imagem, ali na Urca. Ela nem tava botando muita fé no rolê, mas ficou inspiradíssima com um dos pequenos painéis que rolaram naquela noite: uma galera da Baixada Fluminense que se organizava em cineclubes e fazia cinema com muita paixão e um puta espírito de guerrilha. Ela ficou encantadíssima! Logo ela, que sempre achou o cineclubismo broxante e até então nunca tinha dado bola para esse tipo de movimentação. Conversou com todos, adicionou geral nas redes sociais, quis se enturmar e quando menos viu, já estava surrupiando todas as ideias que aquela galera toda tava colocando na rua. Assim, na cara dura. E foi desse jeito que Lah refundou a carreira que praticamente nem tinha começado. Foi como apagar e reescrever do zero um capítulo importante que ela sempre teve certeza de que um dia alguém escreveria em sua biografia. Um novo início a respeito do qual nunca passou nem um segundo pensando, mas hoje em dia não tem dúvidas, era tudo o que precisava para pôr seus pés no caminho que lhe levaria para a sua Pasárgada.

Uma cereja no topo de um *cupcake*. Com certeza, um sinal, mas sinal de quê? O que ela ainda não estava pescando? Olhou para a cozinha, três caras que ela não conhecia estavam fazendo alguma espécie de alquimia alcóolica; olhou para a sala e todos os seres humanoides que ali estavam se lambiam; olhou para a sacada, e viu um rapaz sozinho com seu Marlboro recém aceso.

Quando enfim arranjou forças para se levantar, Bel se jogou do nada em cima dela, fazendo-a bater as costas no sofá. O montinho se formou com Antônia e Madeleine, que não poderiam perder aquela oportunidade, e a gargalhada tomou conta das quatro. Madeleine perguntou com aquele sotaque carregado que só os franceses têm se ela gostou dos *cupcakes* que ela fez com todo carinho para as amigas. Lah disse que não só amou, como tinha certeza de que ela caiu do céu com eles. Madeleine achou aquilo tão fofo que não pôde fazer nada a não ser apertar a amiga. Mas apesar da sensação de refúgio, ela não poderia fugir do incômodo sem razão que a estava deprimindo naqueles dias. Se ajeitou, respirou fundo e se levantou para ir à sacada de onde o moço que observava havia acabado de sair. Bel, Antônia e Madeleine olharam para ela com desconfiança, mas sinalizando com caras, bocas e movimentos nada discretos de cabeça que, qualquer coisa, elas estavam por ali.

A caminhada por entre aqueles cômodos mal alumiados com uma luz rubra parecia não respeitar lei alguma da física. Levou mais tempo do que deveria enquanto tudo ao redor parecia se mover numa velocidade que não condizia com o que poderia ser tido como a realidade. Será que é assim que Neo vê as balas passando por ele na Matrix? Enfim, o Agente Smith aqui tem outro rosto, outro nome. E embora não seja nenhum tipo de manifestação de alguma inteligência artificial, consegue ser tão frio, mecânico e irritante quanto uma: que DJ chato!

Se deu conta de que precisava de um pouco de paz. Aquela zona começou a bater nela de outra forma. Sua bateria social já estava no vermelho, o que era raro. De repente, percebeu o tanto de guimba jogada num vaso de espada-de-são-jorge que compunha o espaço. O espanto tomou Lah ao se dar conta da escrotidão das visitas ao fazerem daquela planta um cinzeiro. O nojo que sentiu fez seu alerta ligar. Era melhor meter o pé. Então se foi num passo vacilante, sem tempo nem disposição para explicar nada para as amigas, que não gostaram nem um pouco daquela cena. Especialmente Madeleine.

Já pelas ruas vazias de Botafogo, Lakshmi sentia seu ouvido zunir. Achou que iria passar mal, então sentou-se num canteiro que estava há uns dois metros à frente. Porra, mas que merda é essa? A pergunta funcionou como um gatilho. E do nada, um teto preto. Não sabe bem o tempo que durou, foi tudo muito vapt-vupt. Se levantou e sem dar passo, ficou ali meio trôpega. Quando o medo ensaiou fazer parte de seu corpo diante daquela situação inesperada, ouviu alguém gritando seu nome: Madeleine vinha na urgência em busca da amiga.

Vem, Lah, Mah lhe disse enquanto a puxava pela mão.

E foram.

Ao chegarem à frente do seu prédio, Lah impediu que Madeleine desse mais um passo e, em meio às lágrimas, a abraçou com força. Não fazia ideia do que tinha acontecido e só queria ficar mergulhada naquele consolo sem se preocupar com mais nada. Xiii… xiii…, fez Madeleine, tentando acalmá-la, enquanto tudo que ela experienciava era o assombro. Tudo o que Lah precisava, Madeleine a deu: silêncio e colo.

Todavia, não tardou para que aquele clima mudasse e toda a tensão que sempre circundou as duas desse as caras. Foi só o tempo de toda aquela sensação se ir e passarem aqueles quarenta minutos proseando na portaria como se nada tivesse acontecido. Para Lah, as definições de triste e com tesão foram atualizadas com sucesso. Ambas riram uma para a outra e decidiram subir. A partilha do elevador foi torturante. E o que era para ter acontecido lá dentro, só foi acontecer no corredor do sétimo andar: Lah não se aguentou e enfim deu vazão ao desejo que vinha se acumulando fazia uma cara, jogando Madeleine contra a parede.

Um par de horas depois, Lakshmi Araújo Salles olhava para o teto do seu quarto com os olhos mais arregalados do que quando descobriu que a Fernanda Montenegro perdeu o Oscar para a Gwyneth Paltrow. Teve certeza de que o sinal que ela procurava com a cereja no topo do seu *cupcake* era justamente a mulher que estava abraçada a ela. Que graças a Madeleine, ela conseguiria criar o roteiro perfeito para o seu curta. E como Brás Cubas bem sabe, quando uma ideia fixa bate, ela bate de verdade. Lah não conseguiu pregar o olho até que levantou e enfim pôs toda aquela ideia no papel. E assim nasceu o seu *Ninguém Nos Prepara Para o Amanhã*.

O casal que se formou naquela noite maluca teve uma vida breve, mas que para a alegria de todos os românticos incorrigíveis, foi eterno enquanto durou. Não, não! Nem uma das duas queria o fim do que se criou ali, mas ambas concordaram que com a volta de Madeleine para a França, o que elas tinham poderia morrer e o que elas queriam era a vida. Melhor ficar com uma lembrança gostosa e a possibilidade do reencontro. Sem contar que nem uma nem a outra tinham mais disposição para rótulos ou espaço para a posse em suas vidas. Lah, que era afeita à filosofia barata e cafona, desenhou a situação com o que acreditava ser a perfeição para a sua *aimé*: se você ama alguém, deixe-o livre, se ele voltar, é seu, se não, nunca foi. Sejamos livres, Mah!

Madeleine ficou no Brasil por mais três meses. Tentaram aproveitar cada dia como se fosse o último e os únicos lamentos que tiveram espaço entre as duas foram o da despedida e o da demora em assumirem o desejo. Fora isso, onde quer que estivessem juntas, se tornava um lugar especial, no qual elas eram o sol e, ao mesmo tempo, se alimentavam dele. Insubmissas, se tornaram um experimento estético radical, no qual a beleza e a rebeldia deram forma a um devir que não se findou com o adeus, mas, sim, se fincou em seus corpos, como tatuagem.

Fácil, não foi, mas Lah encarou aquela partida como um rito de passagem. Lá no fundo, sabia que havia sido transformada, que tinha chegado a um ponto de não retorno. E a certeza de ter conhecido um amor saudável que em vez de encontrar um fim, estava solto por aí, a protegeu da tristeza. A ironia dessa história – e que sempre lhe tirava uma risada agridoce – é que, tal qual a maneira dos filmes que ela, não raro, criticava, duas mulheres não terminaram juntas. Pelo menos aqui ninguém morreu, dizia rindo a si mesma.

A palavra foco passou a ser um sinônimo de Lakshmi quando ela se jogou no futuro que se abriu a partir do momento em que atravessou a porta que a pôs diante desse seu novo ciclo. Passou a enxergar o Rio de Janeiro como uma cidade que esconde muita sujeira sob as suas belezas, mas isso a ensinou a dar mais valor às boas companhias com quem acabou por topar, tentando encarar seu círculo de relações como uma existência alternativa àquela tangível por todos. Se pudesse, localizaria a sua versão da cidade maravilhosa em Vênus e recomeçaria tudo por lá. Mas como não pôde, seguiu dando seus pulos por aqui mesmo.

Quando menos deu por si, se percebeu madura como nunca imaginara antes. Passou a sentir-se bem com aquele novo *eu* e o abraçou com um orgulho inesperado. Até as suas ideias tortas passaram a fazer algum sentido, como se ela enfim começasse a encontrar alguma harmonia e lógica na bagunça que sempre foi a sua cabeça. E isso tudo passou a ser perceptível em todos os aspectos de sua vida. Da maneira libertária como passou a tratar seus afetos à dedicação apaixonada com a qual desde então envolveu o seu fazer artístico-profissional, tudo era feito de um outro modo, muito mais consciente e natural.

Foi em meio a essa energia que Lah conseguiu juntar uma galera foda à beça pra criar sua mini produtora independente de filmes. Desde que conheceu a galera da Baixada, principalmente as minas do Xuxu ComXis, essa era a sua primeira grande meta. Não tinha dia que ela não sonhava acordada com a hora em que seria tão sinistra quanto a Kathleen, a Isa, a Pamela e a Nathália. Suas maiores inspirações, sem dúvida alguma. Tudo o que ela via essas moças fazendo, achava incrível. E toda vez que elas conquistavam algo ou ocupavam um espaço maneiro, vibrava de felicidade. Como a própria fazia questão de dizer, fã mermo! Não à toa, vivia pegando as suas ideias emprestadas, risos.

Com a sua trupe, conseguiu tocar vários projetos menores que foram lhe abrindo as portas. E foi com a mão na massa que descobriu que fazer cinema era muito mais do que só escrever e produzir seus filmes. Havia vários projetos e outros caminhos possíveis. E ver as coisas que lhe enchiam a alma de movimento fez a parte menos empolgante – mas que pagava as contas – ser muito mais tranquila de lidar. Na boa, se a vida é mesmo nesse pique, até que ela é da hora, viu? Mesmo sendo sempre uma montanha-russa interminável, os altos estavam fazendo os baixos serem um preço bem razoável de se pagar. O lance era aproveitar a corrida.

CAPÍTULO SETE
Do nada

Tudo aconteceu num sábado de junho, quando logo cedo, Caio recebera um convite de Mara. *Sei que está em Queimados. Não quer dar um pulo aqui em casa ali pelo almoço? Vamos fazer um churrasco. Seria bom te ver.* Putz, ele gelou. Já fazia pelo menos um mês que não se falavam. Realmente não viu essa vindo. Não sabia bem o que fazer, mas fez mesmo assim. Por volta de uma da tarde, estava colando na casa dela.

A casa de Mara não estava muito cheia, mas tinha gente o suficiente para deixá-lo um tanto tímido. Era o único estranho no ninho da família Nascimento. Todo mundo ali, que se espalhava entre o quintal, a sala e a cozinha, estava em harmonia. Com isso, sentia-se um intruso. Cumprimentou todos de uma vez só, pois não sabia como proceder. Deu graças aos céus por Bento ter vindo ao seu encontro, todo pimpão. Porém, a anfitriã experiente intercedeu por ele. Dona Célia saiu do nada perguntando à filha quem era aquele bonitão. Um amigo, mãe. Seu nome é Caio. Com um sorriso bem aberto, Dona Célia quis saber se eles não dariam uma mãozinha a ela lá na cozinha. Claro que foram, com o Bento indo atrás, lógico. Então ela começou a distribuir pequenas tarefas que culminaram em mais comida sendo organizada na longa mesa de sua casa. Uma mesa farta, diga-se de passagem: além da farofa, do feijão, do molho à campanha, como era de se esperar, havia saladas coloridas como Caio jamais vira na vida. Também tinham doces, como pavê, pudim e arroz doce. A dedicação empregada naquela reunião impressionou Caio, que perguntou a Mara se era aniversário de alguém ou coisa do tipo.

Não, aqui é sempre assim, ela respondeu. Uau!

De repente Seu Itamar entrou gingando na cozinha. Quis logo saber quem era aquele rapaz de quem nunca ouvira falar. Após sua filha apresentá-lo, fez questão de deixar claro: bora comer, meu filho. Aqui em casa a gente não aceita não como resposta. Sem essa de desfeita, hein? Caio deixou claro que não iria mesmo perder aquela chance. Tava tudo bonito demais para cometer tal crime. Assim que encheu seu prato, fora arrastado por Seu Itamar, que fez questão de apresentá-lo com toda a pompa a todos, afinal, amigo de sua filha era seu amigo também.

O papo rolou solto durante aquela tarde, passando por um monte de lugar, mas o tema que fez todo mundo ali gastar palavra foi música. Numa deixa dos amigos, elogiando a sempre ótima curadoria da casa, Seu Itamar quis saber do que Caio gostava. Um monte de coisa, mas curto mesmo é rock, respondeu. Seu Itamar disse que adorava um Queen, um Led Zeppelin, mas que o lance dele mesmo era a *black music*. E aí começou a sua aula: foi mostrando a todos por que achava a produção do disco *What's Going On* a melhor de todos os tempos, fez geral conhecer uns lados B do Tim Maia e do Cassiano, e não resistiu, precisando levantar pra dançar ao som de "Brick House", chamando a sua filha para mandar um passinho com ele. E por aí foi. Contudo, e sem mais nem menos, foi numa janela de oportunidade no meio dessa farra que Mara, sorrateiramente, perguntou a Caio se ele voltaria para casa naquele dia. Com a confirmação, não se fez de rogada e só avisou: mais tarde vou tomar um banho e vou com você. Ele ficou meio confuso, mas só concordou.

Foi por volta das oito e quarenta e cinco, nove da noite, que ambos chegaram ao ponto das vans. Como de praxe, tiveram que esperar o carro lotar para seguirem viagem, o que demorou uns vinte minutos. Toda a conversa que tiveram da casa de Mara até ali fora efêmera. Só queriam preencher as lacunas que estavam abertas entre eles.

O motorista se aproximou, avisando que já iriam partir. Pediu para todos adiantarem o pagamento, coisa que já ocorre de maneira automática: primeiro a primeira fileira, depois a segunda, então a terceira e, por fim, a quarta. Os Bilhetes Únicos e as notas iam e voltavam feito ondas. Quando o motor foi ligado, sorriram um para o outro, cada um à sua maneira: Caio estava sem jeito, Mara estava à vontade.

A saída de Queimados guarda em si uma energia ritualística. Ao menos quando é percorrida à noite. Um misto de ansiedade e expectativa sempre paira no ar. Não importa se a viagem será feita de van, de ônibus, trem ou automóvel pessoal. É como se uma fenda abrisse e todas as possibilidades se aproximassem dos desejos. O que dá para ver da janela ganha ares sobrenaturais, como se existissem apenas em uma outra realidade. O que se vê, portanto, são reflexos de um outro mundo. Duplos familiares, mas completamente distintos. Mundo invertido que só se desfaz ao se cruzar a entrada da cidade.

Só quando estavam na Dutra que se falaram de novo. Caio enfrentou o frio na barriga e perguntou, "Mara, a gente vai num samba mesmo, como você disse aos seus pais?"

"Olha, eu até estava cogitando, sim, mas acho que desanimei."

"Ah, sim, saquei", foi a única coisa que conseguiu responder. Mordeu os lábios inferiores para não deixar o riso escapar, até porque não sabia se tinha mesmo motivos para isso. Então Mara encostou a cabeça em seu ombro e ele afrouxou. No rádio, a JB Fm. Se mantiveram em silêncio o restante da viagem até o Rio.

"Ô, piloto, deixa ali no posto, por favor", pediu Caio, assim que chegaram na Presidente Vargas. Quando desceram da van, explicou a Mara que costumava saltar ali à noite e pegar um táxi, e foi o que fizeram. Perguntou para onde iriam e ela disse que poderiam ir para o apartamento dele mesmo. Num piscar de olhos, já estavam diante do prédio onde Caio morava. Bem, é aqui, ele disse. Mara só sorriu.

Ao passarem pela portaria, foram recebidos com toda a intimidade por Jeremias, que mostrou todos os dentes assim que soube que Mara também era da sua terra em solo fluminense. Entraram no elevador e Caio percebeu que o frio na barriga deu espaço a um buraco. Mara prendia o riso num bico, achando graça do modo como ele estava se portando desde que se despediram do Seu Itamar e da Dona Célia. Ela o encarava com firmeza enquanto ele não conseguia olhar nos seus olhos. Mirava o chão, os botões daquela caixa velha, tudo, menos ela. Ao chegarem no andar do seu apê, Caio bancou o cavalheiro dando passagem a ela. É aqui, afirmou.

Mal entraram na casa e Zé Alfredo já se fazia perceber em meio às sombras. Não deu nem tempo de Caio ligar a luz da cozinha e o gato já se esfregava nas pernas de Mara, que se abaixou de súbito.

"Nossa, como ele tá grande, Caio!"

"Cresceu muito, não foi?"

"Pra caramba! É normal?"

"Olha, a Angela disse que ele tá com saúde, acho que é isso que importa".

"Se a veterinária falou, tá falado."

Caio se adiantou para suprir a ração de Zé Alfredo e trocar a sua água. Fez menção para que Mara se sentisse à vontade, o que pareceu a ele desnecessário. Ela caminhou até a sala, pôs a bolsa sobre o rack de madeira onde ficava a tevê e se sentou no sofá, sem deixar de percorrer todo o apartamento com os olhos.

"Bacaninha o seu lugar."

"Bacaninha?", Caio perguntou, em meio a uma risada fujona.

"Sim, bacaninha. É confortável. E bem limpo para um homem cis e hétero."

Caio soltou uma risada alta.

"Confesso que até eu me surpreendo com isso. Quando morava com a minha mãe, ela enchia o meu saco, dizendo que eu precisava varrer meu quarto, passar um pano nas minhas coisas."

"Homens."

"É..."

"E você só cuidava do seu quarto?"

"Olha, mais ou menos. Na real, minha mãe sempre teve *ajuda* de uma empregada. Ela só parecia gostar de pegar no meu pé mesmo."

"Entendo."

Conversa fiada.

Caio caminhou até o sofá e sentou-se ao lado de Mara, só que um tanto distante, parecendo ter medo de encostá-la. Ao perceber, ela sorriu, se aproximando um pouco mais dele, deixando-o um tanto tenso. Mara estava gostando da situação. O silêncio tomou o espaço, como se Jesus estivesse presente na sala. A ansiedade só fazia crescer. Ambos respiravam pesado, movidos pela expectativa e a incerteza. Então Zé Alfredo apareceu, pediu mais carinho a Mara e encarou Caio com um olhar severo que o assustou, mas não ficou muito. Assim que saiu da vista dos dois, Mara se permitiu e avançou para cima de Caio, sentando em seu colo enquanto tirava a blusa. Os dois entraram em erupção.

Noite adentro. A quietude tomava conta do quarto. Com a cabeça recostada sobre o peito de Caio, a mão direita sobre a barriga dele, Mara prestava atenção ao bater descompassado do coração do rapaz, tentando acertar quando seria mais forte e quando seria mais fraco. De repente jogou a cabeça um pouco para trás a fim de fitá-lo. Ainda estava acordado, com o olhar concentrado no nada. Todo aquele tempo que ela ficou naquela posição, Caio quedou-se ali, na dela. Ela deixou escapar um riso com o nariz, tirando-o do transe. Ao se virar para ela, abriu um sorriso e começou a lhe fazer um cafuné. Mara fechou os olhos, sentia-se estranhamente segura.

"Por que você tem uma cama de casal?"

"Acho que eu te falei que este apartamento é de um casal de amigos que resolveram tentar uma nova vida no Canadá e tal."

"Sim. Verdade."

"Nessa de irem pra lá, deixaram a cama aqui, falaram que eu poderia ficar com ela ou até mesmo vender. Eu só troquei o colchão."

"Esperto da sua parte. Mas confesso que por um minuto achei que pudesse ser, como posso dizer, para receber melhor certas visitas."

Caio deixou escapar uma gargalhada.

"Não seria uma ideia ruim, vamos combinar."

"Safado! Mas não seria", disse Mara entre risos.

"Mas assim, confesso que eu sempre quis ter uma cama de casal, mas minha vontade sempre veio de um lugar mais ingênuo: só queria mesmo o conforto de dormir mais à vontade, com mais espaço para rolar de um lado para o outro."

"Pô, pode crer. Assim que comecei a ganhar bem, uma das primeiras coisas que fiz foi dar aquela moral no meu quarto. Até porque não quero sair lá de casa sem ser para uma casa própria. Até porque eu tenho toda a liberdade do mundo e tal. Aí nessa brincadeira, investi numa cama de casal também. Sem dúvida, é outra coisa. Ainda mais se o colchão for bom."

"Nossa, colchão bom é outro mundo, né?"

"Parece que a gente tá dormindo em nuvens."

"Isso. Parece isso mesmo."

"Mas até que o seu é legal, viu?"

"Ah, para! O meu é ótimo!"

"Ótimo? É porque você não deitou no meu."

"Agora eu vou ficar esperando um convite para isso."

"Bem, dependendo de como você se comportar, quem sabe?"

"Ih, alá!", ele respondeu, curtindo aquele clima.

"Ih, alá, nada, rapaz", ela retrucou, com aquela marra gostosa.

"Queria te perguntar uma parada, Mara", disse Caio, mudando o tom da prosa.

"Pois não", ela respondeu, enquanto se ajeitava na cama, ficando um pouco mais séria. Ambos já se sentavam lado a lado. Mara vestia uma camisa que o pediu emprestada.

"Que que aconteceu naquele dia? Por que você ficou tão estranha de repente?", Caio soltou, sem rodeios, para espanto próprio, inclusive. Mara só conseguiu responder com um *eita*. No fundo, sabia que essa pergunta poderia surgir. Havia imaginado mil vezes a conversa que estava para rolar acontecendo. Mas apesar de tanto pensar nela, não estava preparada. Talvez tivesse que ser assim, no susto. De outro modo, talvez se escondesse em seu casulo mais uma vez.

Seu *eita* teve muito mais a ver com os afetos que a mobilizaram e a levaram àquele dia do que o que rolou naquele dia em si. Sua fuga estava mais para a ponta de um *iceberg* do que qualquer outra coisa. Ela sabe que, não raro, tudo o que a gente é capaz de enxergar no outro é apenas a superfície. O problema é sempre o que está escondido lá no fundo. Com ela não era diferente. O problema é sempre ter que abrir a porta do porão no qual a gente trancou o monstro que tanto nos assusta e olhá-lo nos olhos.

Mara estava em silêncio. Até queria falar, mas sentia-se travada. Caio percebeu que sua pergunta a fez mudar da água para o vinho. Pensou em pedir desculpas, mas ficou com medo de piorar as coisas. A acompanhou no silêncio.

Um ranger de porta tomou conta do quarto. Caio olhou na direção do ruído, mesmo sabendo que era Zé Alfredo que forçava passagem pela porta que ele apenas encostou achando que tinha fechado. Feito um vulto, o gato saltou com tamanha leveza sobre a cama, chamando a atenção de Mara, que o olhou sem esboçar muita coisa. Ele então foi em sua direção, lhe roçou como que por carinho e se aconchegou em seu colo. Mara se sentiu confortada e um sorriso lhe surgiu no rosto como um sol que insiste em dar as caras em dias chuvosos. Ela se virou para Caio. Sentiu-se pronta para falar.

"Antes de mais nada, queria mesmo que você soubesse que o que rolou naquele dia nada teve a ver com você. Era coisa minha. Só minha. Mas que respingou em ti", disse, enfim.

"Aquele dia foi ótimo. De verdade. E muito importante para mim. Tinha sido a primeira vez em muito tempo que eu realmente saía com alguém por quem eu tinha interesse. Na real, você é a primeira pessoa em muito tempo por quem sinto interesse de verdade. Até apareceram outros caras antes, mas nada que tenha durado mais do que algumas conversas. E por isso mesmo eu tava um pouco assustada. Esse tipo de coisa é o que eu mais tenho evitado nos últimos anos. Passei da fase de não querer saber de ninguém para a fase de tentar me abrir, mas não funcionava. Depois de um, dois encontros, qualquer possibilidade de engatar em algo quase me fazia entrar em pânico. E isso quando algum interesse realmente se mantinha firme até ali. O que quase nunca acontecia. Acho que já estou sendo repetitiva, né?", disse, com um riso inseguro.

"Não, que isso? Fique à vontade", respondeu Caio.

"Então... Como eu disse, aquele dia foi ótimo. Inclusive, passei ele inteiro sem pensar nessas coisas. Só que quando o nosso encontro foi chegando ao fim, fui ficando bem nervosa. Tentei não transparecer, ignorar até para mim mesma, mas quando parecia que não tinha mais para onde correr, eu simplesmente corri. Para dentro de casa, no caso", e ambos riram. O que ajudou Mara a ficar mais à vontade.

"Acontece que... Acontece que eu tive uma experiência que me fez muito mal. Dessas que tiram o nosso chão e a gente fica sem saber onde e como pisar. Daí é muito difícil me ver nesse lugar de envolvimento novamente. Eu tenho muito medo. Medo do que pode rolar. Medo de me machucar tanto de novo... Até porque, de certa forma, ainda não superei o que passou. Não estaria aqui hoje, na sua cama, remoendo isso tudo se tivesse, não é mesmo?"

Depois de um breve silêncio, Mara continuou.

"Assim... Eu sei que parece que eu tô dando um monte de volta para chegar aonde eu quero, mas a verdade é que foram raras as vezes que verbalizei isso. É duro para mim. Além dos meus pais, falei com três amigas próximas e com a minha psicóloga. Só. E não foram muitas vezes que conversei sobre isso com eles. É sempre muito dolorido. Tanto que demorou muito para eu me abrir com as minhas amigas. E quando aconteceu, desabei. Viraram a noite me consolando. Depois disso, foi sempre uma batalha. E eu sempre ficava péssima. E às vezes, por dias. Com a Elisângela, minha psicóloga, falei parecendo prestações das Casas Bahia, tudo parcelado", e riram de novo. "Até que um dia, consegui me abrir e conversamos de forma mais direta, indo sem rodeios ao centro da questão. Desde então, tirando uma vez aqui e outra ali, só consigo falar disso de maneira mais abstrata, subjetiva. É realmente difícil pra mim...", completou, se demorando mais um pouco em silêncio.

Caio passou o braço por trás de Mara e a abraçou, dando um beijo em sua cabeça. Não sabia o quão calma ela estava, mas queria que ela se mantivesse assim. Zé Alfredo seguia embolado e ronronando em seu colo. Ela expirou pela boca e continuou.

"Bem, eu tinha essa coisa com esse cara. Sempre quis que fosse mais do que apenas uma coisa, mas nunca deixou de ser uma relação frouxa e vacilante. Quando estávamos só nós dois, era uma maravilha. Mil promessas, declarações de amor, nem uma incerteza na hora de demonstrar carinho e afeto. Mas era só ter mais alguém por perto que o nosso trato um com o outro tomava outro corpo. Não por minha causa. Às vezes eu até tentava forçar as coisas. Mas ele sempre, sempre se esquivava. Era um querido, sem dúvida. Nunca me tratou mal, por assim dizer. Mas era apenas cortês. Só que de um jeito estranho. Não sei se as outras pessoas percebiam, ou se era por conta do nosso caso, mas eu sentia uma frieza que sempre me machucava. E não pense que eu não tentei conversar. Tentei. Muito. Tantas vezes. O discurso era sempre o mesmo. Que aquilo era coisa da minha cabeça, insegurança minha, que eu tava vendo coisa onde não tinha. Acontece que com o tempo tudo se tornou insustentável. Até porque eu me perdi de mim. E não foi pouca coisa. Quando menos vi, me percebi obcecada. Tava sempre *stalkeando* ele, querendo descobrir, mas sem dar bandeira, onde ele tava, com quem estava... Era um horror! Eu não estava bem, sabia disso, mas não conseguia não ser daquele jeito. Para piorar tudo, duas coisas. A primeira é que ele era amigo da família. Meus pais sempre tiveram um carinho enorme por ele e talvez por isso tenha me interessado tanto também. E por conta disso, ele tava sempre presente. Tinha liberdade total lá em casa. Chegava quando queria, ia embora só quando minha família deixasse", risos. "Ele é filho dum amigo dos meus pais que, infelizmente, partiu dessa para melhor antes mesmo de eu nascer. Mas ele é só um tanto mais velho do que eu, o que não muda que eu o conheço desde a barriga da minha mãe. Acontece que ele passou uns anos fora do Rio. Quando voltou foi que a gente se aproximou mesmo e tudo foi diferente. A segunda coisa é que foi um não-relacionamento, se é que posso chamar assim, que durou anos. E desde o começo teve essa forma que eu te contei. Eu só demorei mesmo para notar."

Mara engoliu seco e mais uma vez não conseguiu dizer nada. Caio percebeu que ela começou a ficar mais emocionada do que já estava e a apertou contra si com mais força. Deixou-a seguir no tempo dela.

"Não bastasse tudo já ser essa bosta toda, as coisas conseguiram ter um desfecho horrível. Eu já não tava bem e todo mundo percebia. Tava na cara, mas ninguém sabia o porquê. Até porque eu não contei nada para ninguém durante os seis anos em que a gente viveu tudo aquilo. Então, literalmente lidei com isso tudo sozinha. Quando menos vi, já estava tão imersa nessa relação que já não conseguia mais pensar direito. E eu só consegui sair dela quando já estava me afogando. E isso só aconteceu porque fui destruída de tal modo que, juro para você, estar aqui hoje é uma vitória e tanto..."

Então Mara começou a chorar.

"Chegou um momento em que tudo o que eu fazia era tentar agradá-lo. E mesmo me sentindo péssima, a ideia de perdê-lo me fazia entrar em desespero. E numa dessas, ele tentou me convencer a começarmos a transar sem camisinha, pois a gente tinha intimidade o suficiente para isso, que tínhamos que sentir um ao outro de verdade, que não havia por que ser diferente e blá, blá, blá. E mesmo sabendo que eu não deveria, chegou uma hora que apenas cedi. Eu não queria, mas simplesmente deixei acontecer...", disse, se perdendo no choro que ficou incontrolável.

"Aí... Aí... Aí deu merda. Deu merda demais. Não tinha como não dar...", falou, com esforço. Caio já não sabia mais o que fazer. Nem deixa-lá seguir o tempo dela lhe dava a certeza de ser o melhor a fazer. Apenas ficou ali.

Após tanto pranto e em meio a soluços, Mara continuou.

"Eu simplesmente engravidei... Parte de mim, a parte que ainda era eu, não queria viver aquilo. Não daquela forma. Não naquele momento. Mas uma outra parte, a parte que me deixava extremamente confusa ao olhar no espelho e ver o meu rosto, mas não me ver, queria. E muito. Ela via ali a chance de enfim ter o que a gente tanto queria daquele homem. Foi um momento muito conturbado, no qual meu humor oscilava muito, o que sempre me esgotava. Em alguns momentos, com uma sobriedade que me escapava com frequência, eu conseguia enxergar com clareza o que eu precisava fazer, lidando sempre com o peso da escolha. Já em outros, me pegava na frente do espelho, alisando uma barriga que não tinha mudado quase nada, sonhando com uma família feliz que eu, no fundo, sabia que jamais iria existir. E foi num desses momentos que eu decidi que precisava conversar com ele."

Mara estava mais calma, mas tinha um semblante castigado.

"Marcamos um jantar, como era costumeiro para nós, e naquele dia eu estava me sentindo especial. Então eu precisava transparecer isso também. Assim que me viu, ele rasgou toda a seda do mundo para mim. A noite mal tinha começado e já estava perfeita. O jantar foi maravilhoso. Rimos bastante e ele foi mais carinhoso do que nunca. Fomos para a casa dele. Ele cheio de amor. Parecia que tudo finalmente tinha se ajeitado, que tudo ficaria finalmente bem. Até que me aconcheguei na cama, esfreguei a barriga e comecei a chorar de felicidade. Não conseguia dizer palavra. Mas logo meu choro se tornou outro. Seu rosto se transformou. Me assustei, mas segui quieta. Então ele perguntou que palhaçada era aquela. Disse que não tava gostando daquela brincadeira. Custei, mas tive coragem de dizer, me agarrei na esperança de que aquilo fosse um mal-entendido, que ele só estava sem saber como reagir e disse: 'nós vamos ser papais'. Ele só respondeu com um 'quê?'. E soltou um berro que me fez pular na cama. Eu nunca tinha visto ele daquele jeito. Tão furioso... Ele começou a andar de um lado para o outro, balançando a cabeça e pisando como se tivesse chumbos nos pés. Até que ele olhou para mim e, por um segundo, tive certeza de que iria me bater. Como é possível alguém que já fora capaz de nos fazer sentir tanto amor tenha também o poder de nos fazer sentir o medo na mesma medida? E com toda aquela raiva, ele caminhou em minha direção e perto, tão perto que por um segundo achei que pudesse me beijar, enfiou o dedo na minha cara e disse num sussurro violento: 'se vira, eu não quero nem mais ouvir sobre essa merda. Mete o pé daqui. Agora. E dá teu jeito'. Eu fiquei paralisada. Não conseguia me mexer de verdade. Até que ele gritou, vaza! E eu fui, me sentindo mais humilhada do que nunca em minha vida".

"Dei mesmo meu jeito. E foi a coisa mais difícil que já fiz. Não só pelo ato em si, que me exigiu muito, física e psicologicamente, mas porque fiz tudo sozinha. Não tive coragem de pedir ajuda a ninguém, pois sentia uma vergonha enorme de tudo. E graças a ele, me sentia extremamente desamparada. Os dias que se seguiram foram muito difíceis. E eu tinha que fingir normalidade. Só que com o tempo, o acúmulo de tudo se fez impossível não sentir. E eu fiquei deprimida de tal maneira que não tinha nem como disfarçar. Os amigos se preocuparam, meus pais mais ainda. Foi um período muito, mas muito difícil, mas que me fez perceber o quanto de amor eu tinha em torno de mim", Mara voltou a chorar. "Finalmente passei a me sentir acolhida, sem nem mesmo dizer um 'a' a respeito do que tava rolando. Com alguns meses, eu já começava a melhorar. Até que, mais uma vez, eu levei uma baita porrada."

Mara ficou quieta por um tempo, até que tornou a falar.

"Era um dia como o de hoje lá em casa. Mesmo clima, mesma *vibe*. Tinha um pouco mais de gente, mas era o mesmo pique. Minhas amigas estavam lá também. Tava um dia de sol bonito pra caramba. Geral curtindo e eu bem como não havia estado em meses. Porém, em questão de segundos, tudo mudou. Você acredita que aquele *arrombado* teve coragem de dar as caras lá em casa como se nada tivesse acontecido?"

"Caô!", foi tudo o que Caio conseguiu responder.

"E não foi só isso. Quem dera tivesse sido só isso! Aquele desgraçado, aquele verme desalmado, me apareceu acompanhado da nova namorada. Coisa que comigo nunca nem ensaiou fazer! O que me faz imaginar os mais variados cenários possíveis, pois havia um detalhe crucial nisso: a mulher era uma branca padrão. Bem padrão mesmo. Dessas que quando aparecem num BBB da vida, são exaltadas como a mulher mais bonita que já pisou no programa sendo que só são brancas. Pique loira-odonto, daquelas que só se preocupam com a aparência, com a dieta da moda e dar *close* no fim de semana". Mara não conseguia esconder a raiva. "É tão clichê que eu nem sinto necessidade de te explicar nada. É tudo tão óbvio."

Caio só balançou a cabeça.

"Hoje me pergunto, será que esse infeliz não passou aqueles anos todos não só me escondendo, mas escondendo outras mulheres parecidas comigo? Com a gente achando que éramos a única? E aí foi só aparecer a branca pra ele ter coragem de assumir um relacionamento e desfilar com ela por aí, feito um troféu? Sei que isso pode ser paranoia, eu mesmo tento me dizer isso com frequência, mas ele foi tão mesquinho, tão vilão de novela das oito, que eu não consigo fugir de imaginar isso tudo. Mas isso ainda não foi o pior...", disse Mara, com a raiva dando lugar à melancolia, tornando a ficar outra vez em silêncio.

"Quando o vi, a minha vontade foi de fazer um barraco. De colocá-los para fora na base da vassourada, mesmo a coitada não tendo culpa nenhuma no cartório. Só que enquanto o ódio me consumia e eu tentava disfarçá-lo, ele conseguiu me dar um golpe de misericórdia e acabar comigo de vez... Quando menos dei por mim, percebi a alegria com a qual ele ia anunciando aos poucos a todos que eles estavam grávidos...", disse, e caiu em prantos.

"Por quê? Por quê? Por quê?"

Caio a envolveu novamente e a deixou ali. Ele estava atônito. Tudo o que ouviu era tão surreal que nem parecia verdade. Se fosse um filme, uma série, uma novela, como Mara mesma falou, essa merda toda seria considerada forçada demais, ninguém iria comprar a ideia.

Depois de se recompor, Mara disse que "quando me dei conta do que tava rolando, desmoronei. Não chorei nem nada. Mas entrei num estado que não sei nomear, que foi perceptível para quem tava perto. Minhas amigas se assustaram. E logo chamaram meus pais. Eles ficaram preocupados, mas de alguma forma, minha mãe sacou o que tava acontecendo. Ela pediu licença a todos e me levou para o quarto. Enfim desabei e contei tudo. Eu nunca a vi com aquele ar de gravidade que vi no rosto dela naquele dia. Além disso, ela tremia toda. Meu pai apareceu de repente e eu só consegui pedir um abraço. Ele estava muito assustado com o estado de nós duas. Tentei falar, não consegui. Minha mãe perguntou baixinho para mim se podia contar a ele, eu fiz que sim. E repetiu a ele o que eu tinha acabado de lhe dizer. Se nunca vi minha mãe daquele jeito, nunca vi meu pai tão puto. Fiquei com medo de que ele pudesse fazer alguma merda, mas ele olhou nos meus olhos e pediu que eu confiasse nele. Eu confiei. Ele desceu, minha mãe foi atrás. Logo minhas amigas vieram ficar comigo, sem entender o que tava acontecendo. Soube depois que meu pai só chamou o infeliz no canto, deu duas palavras com ele e, com a alma fugindo do corpo, ele meteu o pé e nunca mais ouvimos falar dele."

"Eu confesso que eu não sei o que faria no lugar do seu pai."

"É um lugar difícil, não é? E seja lá o que o velho falou para o outro naquele dia, ele conseguiu ser maior do que a raiva. O que eu agradeço imensamente, pois a gente nunca sabe o que pode acontecer nessas horas. E eu jamais me perdoaria."

"Sim..."

"Mas teve uma coisa que me marcou muito e foi muito importante na maneira como meus pais, principalmente o meu pai, lidaram com a escolha que eu fiz. Em nenhum momento, em nem um momento mesmo, eles me julgaram. Pelo contrário, me apoiaram dum jeito que eu jamais poderia imaginar. Cuidaram de mim sem perguntar mais nada, sem dizer coisa alguma, até que eu consegui ter uma vida normal outra vez. E eu falo que meu pai teve um papel especial nisso porque ele nunca escondeu o sonho de ser avô, talvez por saber que eu sempre quis ser mãe. E desde que optei por interromper aquela gravidez, eu não conseguia parar de pensar em como ele reagiria se soubesse. Tinha medo de como ele me olharia, do *monstro* que eu poderia me tornar para ele... Mas ele foi um amor! Ele e mamãe. Se antes eu me senti desamparada, a partir de então, graças aos dois, eu nunca mais senti isso na minha vida. E pra você ter ideia, foi graças ao Seu Itamar que eu comecei a terapia. Pois como acabei de te contar, justo quando eu estava quase saindo do poço, fui lançada para o fundo novamente, e com um chute no meio do peito dessa vez. A queda foi muito dura e por muito tempo achei que não conseguiria mais me levantar e subir tudo de novo. Fiquei meses num estado de apatia apavorante. E graças a ele, que, inquieto e inconformado, mexeu seus pauzinhos, conseguindo o contato da minha psicóloga. E assim eu voltei a ver alguma luz. Se eu estou bem hoje, e posso dizer com todas as letras, eu tô bem pra caralho, isso foi graças ao amor de meus pais."

"Caramba, Mara! Que bom que você tem eles. Que bom que ambos fizeram o que puderam por você. Não consigo nem imaginar a barra que foi lidar com essa merda toda. Sinto muito…"

"Não sinta. Hoje estou bem de verdade", disse, aparentando estar bem mais tranquila. "Meio quebrada talvez, mais ressabiada do que nunca, ainda mais no que diz respeito a relacionamentos, e não falo só dos amorosos, mas tô bem mesmo", completou, com um sorriso tímido. "E é por isso tudo, Caio, que eu agi daquele jeito naquele dia. Eu realmente tô gostando de você. Eu realmente quero deixar as coisas rolarem pra ver onde isso vai dar e *se* vai dar. E por querer isso que naquele dia eu surtei e sumi. Nunca imaginei que me permitir novamente seria algo tão duro de se fazer."

"Eu entendo, Mara. Entendo de verdade."

"Talvez seja cedo demais para falar esse tipo de coisa, mas eu preciso disso para me sentir segura e tranquila. Até porque, querendo ou não, a gente já se envolveu à beça."

Caio maneou a cabeça.

"Eu não sei se eu tô pronta para um relacionamento e muitas vezes acho que não. Não sei se por medo ou por ser verdade. Mas eu quero me abrir para isso, sabe? Não quero ficar sempre fugindo dessa possibilidade. Ainda mais quando bater de frente com alguém legal, alguém que eu goste, como tem sido contigo. Eu quero muito você por perto, Caio. Eu quero muito que a gente possa, sem pressão alguma, descobrir o que pode sair disso aqui. Mas para isso eu preciso que você entenda esse meu processo, que respeite meu tempo e que seja honesto comigo. Honesto de verdade. Não posso mais passar por nem um terço do que eu passei… Eu quero paz. Quero me curar por completo. E longe de mim querer colocar isso sob a sua responsabilidade. Mesmo. Mas eu preciso ter essa certeza de que eu não tô lidando com mentiras, com coisas não ditas. Com algo que pode me fazer em pedaços novamente. Você me entende?"

"Entendo, sim, meu bem. Claro que eu entendo."

"Então… Se você quiser ficar enquanto eu vou ajeitando toda essa bagunça aqui dentro, eu vou adorar ter a sua companhia."
"Eu quero, Mara. Quero mesmo."

Zé Alfredo seguiu ronronando.

CAPÍTULO OITO
Olhos verdes

Não é muito difícil imaginar por que os gatos eram seres adorados no Egito antigo. Quiçá foram deuses mesmo. A imponência que alguns bichanos ostentam causa tanto admiração quanto assombro. Aquele olhar grave que parece dizer: não adianta tentar esconder nada de mim, de tudo eu sei. Aquela presença mordaz que parece afirmar: o onipotente sou eu. Não à toa, agem como se fossem donos da porra toda. Como se nós, humanos, fôssemos meros servos seus. Mas não, a relação aqui não se dá por essa via. Até porque todos os gatos são belos. Até porque na natureza não existem reis nem mestres. Portanto, todo felino, não importa o porte, é ingovernável e não se porta como se governasse os outros. O que presenciamos nesses momentos é a força da liberdade de um ser que sabe de si e que não foge disso. Apenas é. O que sentimos nesses momentos é uma autoconsciência que nos inunda, e não conseguimos nos esquivar daquilo de que tentamos fugir, fingindo que não é bem assim. Nesses momentos, nossas desculpas são desnudadas e somos pressionados a assumir nossos B.Os. Nem que seja só para nós mesmos. Afinal, nesse exato instante, somos obrigados a encarar um fato simples, mas que é uma verdadeira batata quente: somos os únicos responsáveis pelas escolhas que tomamos. E por mais que consigamos jogá-las nos colos dos outros com alguma frequência, durante essa troca de olhares não temos escapatória, sentimos essa certeza até os ossos.

Era exatamente assim que Caio estava se sentindo diante de Zé Alfredo. E isso já fazia um bom tempo. Parecia que aquele gato soturno sabia muito bem o que ele andava aprontando, não o deixando pensar em outra coisa. Talvez por isso seu nome do meio por aqueles dias se tornou Dilema: vivia o conflito das ideias opostas que não arredavam pé de sua mente, como se elas participassem de uma disputa de cabo de guerra, sempre com um dos lados se mostrando mais forte do que o outro; também havia a materialidade da coisa toda, com a prática sempre se mostrando para além da teoria. É importante a nossa base ser boa, claro, mas o que conta mesmo é como lidamos com o que só se mostra na hora agá.

Será que ele se impressionava fácil ou a agudeza do olhar de Zé Alfredo era real, indagava-se Caio, enquanto o elevador o levava para o térreo de seu prédio. Estalou a boca ao mesmo tempo que balançava a cabeça em negação, dizendo para si mesmo que não iria perder mais tempo com aquilo. O carro que pediu já o esperava lá embaixo.

 O rolé do dia seria um Clube do Bolinha. Dora e Ritinha não iriam colar, então seriam só ele, Umberto, Bernardo e Túlio. Marcaram no Bar do Momo, na Tijuca, quintal de Bernardo, justo o único que lá ainda não estava quando chegou. Os outros dois já tinham começado os trabalhos, sem drama. Dali para frente o ritmo foi o de sempre: cerveja a rodo, pastéis, bolinhos de bacalhau e batida de coco sem parar. Quando Bê finalmente deu as caras, pegou o bonde andando sem muito falar. Não era muito difícil sentar na janela e acompanhar a galera numa boa. Eles falavam do desastre que foi o Brasil na Copa, um dia antes, e comentavam a vitória por pênaltis conquistada pela Croácia sobre a Rússia que tinha acabado de rolar quando o celular de Caio vibrou. Quando viu que era Lah, respirou com um pesar que a mesa toda percebeu.

"Qual foi, mané? Alguma merda?", perguntou Túlio.
"Mais ou menos."
"Então bora desembuchando aí, filhão", completou Umberto.
"Na boa, não sei se tô a fim de falar, não."
"Problema é seu, bicho. Joga a fofoca nos peito", retrucou Túlio.

"Sim, Caio. Conta pra gente o que tá pegando", Bernardo colaborou.

Caio soltou um riso e disse:

"Ah, não é nada demais. Acho que nem vale a pena perder tempo com isso."

"Se não é nada demais, não tem problema nenhum de você soltar essa na mesa, pô", respondeu Umberto.

"É só uma sinuca de bico", Caio disse, rindo.

"É mulher, né?", perguntou Bernardo.

"Então é treta com rabo de saia!", disse Túlio, mais interessado do que nunca.

"Ah, mais ou menos."

"Mais ou menos por quê? Tem mulher de menos ou mulher de mais nessa história?"

Caio abriu um sorriso e os três amigos se entreolharam sem negarem a surpresa.

"Agora é que você vai ter que botar essa porra pra fora! Desembucha, vai!", disse Túlio.

"Isso, desembucha!", Umberto fez coro.

Bernardo só fazia rir.

Então Caio danou a falar.

"Então, o bagulho é o seguinte...", começou, mas já dando uma pausa para um gole demorado na cerveja, aproveitando para criar um clima.

"Eu conheci essa mina já faz um bom tempo. Ao acaso mesmo, completamente do nada. E isso meio que se deu em dois tempos. Explico. Numa das vezes que levei o Zé na veterinária, que cês sabem, fica lá em Queimados, eu topei com ela. Nada demais até. Brinquei mesmo foi com o cachorro dela. Com ela só rolou uma meia dúzia de palavras que eu nem lembro. E como ela tava com a mó cara de poucos amigos, não quis render", risos. "Acontece que meses depois eu topei com ela lá no Bafo da Prainha. Lembra aquela vez que geral colou lá no pós-carnaval?

Então! Naquele dia! Eu fui fazer não sei o que e vi ela do nada lá, sozinha. Mesma cara de poucos amigos, mas como eu tava meio altinho já, fui dar um oi. Afinal, qual a chance, né?"

"Ah, é mesmo! Cê desapareceu com uma moça naquele dia", disse Bernardo.

"Pois é. Ela tava querendo meter o pé e não tava conseguindo pedir carro algum. Até tinha uns táxis por ali, mas ela não quis ir sozinha. Até que ofereci companhia até ela conseguir algo. Sem maldade mesmo. E nada. Nem os táxis estavam lá mais. Aí ela disse que ia meter o pé andando até a Central e eu, obviamente, não achei uma boa ideia. Como eu já tava querendo vazar também, perguntei se ela toparia que eu fosse com ela até lá. De lá eu iria pra casa, afinal, bem mais perto. Não sei se sóbrio teria tido coragem de mandar uma dessa, pois, pô, a gente nem se conhecia. Sei lá como ela poderia se sentir com isso. É complicado. Mas ela acabou topando. E a gente foi. Nada demais mesmo. Trocamos uma ideia breve e dei meu número pra ela, pra caso ela achasse que valia a pena me avisar que tinha chegado bem. E aí ela me respondeu. Depois, pensando bem, achei isso tão louco que mesmo tendo o número dela, a procurei no Instagram. A gente começou a se seguir e aí, de repente, a gente já tava trocando ideia."

Deu outro gole na cerveja.

"Eu comecei a curtir real, a mina é maneira pra caralho. Mas antes tive que derrubar aquele muro entre a gente, claro. Mas quando rolou, deu pra ver que ela é super gente boa apesar de umas vezes dar um surto meio nada a ver."

"Qual foi disso aí?", Bê perguntou.

"Ah! Uma vez, trocando uma ideia à toa, eu ponderei umas coisas sobre a situação que a gente tava desenrolando e ela ficou virada no Jiraya. Me pegou desprevenido. Ficamos um tempinho sem se falar. Depois, até entendi um pouco o ponto dela e mandei uma mensagem a fim de ver a quantas a gente tava. Ela enrolou, mas respondeu. Estávamos numa boa. E a outra vez tem a ver com a treta que eu tô lidando agora."

"Diz aí", Bê insistiu.

"Então, depois dum tempão de desenrolo, a chamei pra sair. Foi maneiro pra caramba. E com a maior cara de que daria bom. Mas quando chegou na hora que achei que iria rolar, a mina simplesmente fugiu. Sem caô, só meteu o pé. E ficou papo de um mês sem falar comigo."

"Caralho!", respondeu Túlio. "Que mina louca!"

"Pois é! Acontece que nesse mesmo dia, aconteceu outra parada. Topei com outra mina que, pensando agora", Caio disse rindo, "também conheci em dois tempos."

Umberto fez uma careta.

"Tava com vocês também, lá em Botafogo. Tinha chegado tarde, pois tava em Queimados nesse encontro que não deu bom. Cês tavam tudo bêbado já e eu sem clima algum. Saí pra comer, pois tava com fome e esbarrei com essa mina, loucona também, mas no bom sentido, que eu tinha conhecido milianos antes, do nada, num café aqui no Rio. A gente se reconheceu, trocamos uma ideia e ela me arrastou pro apê dela. E fluiu."

"Olha ele", exclamou Umberto.

"Sério, a mulher é super segura de si, maneira à beça, descoladona. Papo reto. E a gente vira e mexe sai. Só que aí, tem papo de um mês, mais ou menos, que a outra mina me procurou do nada. Do nada mesmo. Me chamou prum churrasco na casa dela e acabei indo. Gosto dela, sabe? Gente boa. Queria ao menos ser amigo. Daí achei que aquela era uma maneira dela pedir desculpas. Ou ao menos começar a pedir, sei lá. Daí fui e foi bacana. Até que, do nada também, ela disse que vinha pro Rio comigo. E caiu lá em casa. Não preciso dizer mais nada, né?"

"Porra, broder, tu tá uma máquina", afirmou Túlio. Caio riu.

"Só que nesse dia ela abriu o jogo comigo. E eu consegui entender muito dela e do que rolou entre a gente. Bagulho pesado mesmo. Nem cabe dizer aqui, coisa pessoal dela. E eu fiquei meio mexido. Aí conversando, a gente resolveu dar uma chance pra esse rolo. Só que aí, tem essa outra mina. E eu não sei o que fazer."

"Mas cês tão namorando?", perguntou Bernardo.

"Não. Ninguém falou de namoro. Ela só colocou umas cartas na mesa, condições dela mesmo, e eu topei. Tem sido legal. Mas talvez seja questão de tempo, sabe? Parece que é só alguém decidir bater o martelo."

"Saquei", Bê respondeu. "Se cê acha que pode ir por esse caminho, o melhor a fazer é decidir o que você quer. Quer isso, repensa esse seu rolo com a moça de Botafogo. Não quer, seja honesto com a moça de Queimados."

Caio fez uma cara de quem não gostou muito do que ouviu.

"Pois é. Eu até pensei em me afastar da outra moça. Pelo menos por um tempo. Mas vira e mexe a gente se vê. E como ela parece curtir, e de fato é maneiro, acabo ficando ali também."

"Minha opinião é a seguinte, não tá namorando ninguém, ninguém pode te culpar de nada. Tem que comer geral mesmo", Túlio soltou. Caio e Umberto gargalharam. Bê, como de costume, não curte esse tipo de postura.

"Pô, Túlio, mas o bagulho nem é esse. Ele mesmo disse que a moça de Queimados foi sincera com ele, abriu o jogo, e ele disse que o rolê dela não é simples. E parece disposta a querer tentar, sabe? Se entendi bem, ela tá tentando descobrir maneiras de fazer rolar. E o Caio aceitou embarcar nessa. Não sei se é jogo ele colocar tudo a perder, inclusive com a outra moça também, porque ele não quer deixar de se dar bem."

"Eita! Tá ácido, ele. Mas olhando por esse lado, Bê tá certo", disse Umberto. "Mais vale uma na mão do que duas voando."

Bernardo revirou os olhos com o comentário. Mas para não perder o apoio inesperado, fingiu concordar. E disse: "O lance é o seguinte: quer ter algo mais sério com a moça de Queimados? Faz por onde. Não quer compromisso, mesmo gostando dela, e poder curtir a outra? Abre o jogo que nem ela fez contigo. Se ela achar que vale pra ela, será dez, dez. Senão, no mínimo ela vai te dizer. Sem contar que você parece só preocupado com ela. Em relação à moça de Botafogo parece que é um tanto faz."

Caio sentiu a porrada. Tentou argumentar que Lah de fato era bem resolvida e, com isso, não se importaria; que o lado mais frágil desse rolo todo era justamente Mara. Bê não comprou.

"Bem, eu deixaria quieto e curtiria enquanto der", Túlio contrapôs direto e reto. Caio e Umberto riram de novo. Bernardo deu de ombros e foi ao banheiro.

Apesar de gostar demais do ponto de vista de Túlio, Caio não podia mentir para si mesmo: Bernardo tinha acertado no nervo. Sem dúvida alguma, estava com a razão. Ficou tão bagunçado com a fala do amigo que preferiu o caminho mais longo que conhecia para casa para poder clarear as ideias. Foi andando até o metrô da Estação Uruguai, o que levou uns quinze minutos por conta do seu passo, para, de lá, ir até à Cinelândia e partir a pé até o seu apartamento. Sempre que se sentia deslocado assim, gostava de caminhar, olhar a rua e deixar seus pensamentos soltos por aí. Seja lá aonde eles chegassem, sentia que assim chegariam juntos.

No caminho até o metrô, se perdeu nas cores que a noite tijucana dava às ruas. Aqueles tons acobreados despertaram nele uma estranha nostalgia, embora não conseguisse identificar que falta era aquela. Será que era de algo que ele realmente tinha vivido ou aquela sensação apenas o estava fazendo rememorar sonhos romantizados a respeito de uma vida que sempre quis para si? Não soube responder, mas se deixou levar pelos devaneios e as pinturas em torno dos desejos que aquele momento trouxe.

Chegando à estação, assim que passou pela catraca, recobrou o motivo de sua inquietude. Não queria ser egoísta, fazer esse rolé todo se tornar algo sobre ele, até por conta de todo o peso que Mara carregava, a machucando tanto, mas não conseguia não pensar em Lah. O que estava sendo dele e de Mara desde aquela conversa, ainda não fazia a mínima. Mas já naquela noite, depois de toda confissão, sentiu uma necessidade abstrata de resolver as coisas. Mas resolver como?

Quando entrou no metrô, já prestes a sair, não pôde deixar de observar a única pessoa que, até então, estava no vagão. Na verdade, só a notou quando se sentou. Estavam de lados opostos, mas um virado na direção do outro de maneira tão bem-posicionada que pareciam ter sido postos ali de modo bem meticuloso. Seus olhos se encontraram e não desviaram um do outro. Caio sentia algo de familiar no olhar daquele homem que não conseguia supor a idade. Tinha um aspecto jovial, mas um semblante que parecia lhe conferir mais anos. Ele vestia uma jaqueta preta fina, mas que parecia ser de couro, uma blusa em outro tom de preto, meio surrado, que parecia ser efeito da malha, deixando-a com um ar envelhecido, e uma calça jeans, também preta. Não conseguia ver seus sapatos, mas não tinha dúvidas de que era de um tipo mais social, talvez de bico fino, outra vez preto, mesma cor das meias, quem sabe apenas um pouco mais claras. O homem estava de pernas cruzadas, com a mão direita segurando o pulso esquerdo sobre o colo. O negro de sua pele contrastava de maneira harmoniosa com os tons monocromáticos que o vestiam. O cabelo – crespo – não era nem grande nem curto, mas meio desgrenhado. Usava óculos arredondados, na cor havana, que, até aquele momento, escondiam a cor dos olhos que se fixaram em Caio, sem pudor ou misericórdia. Eram verdes. Caio se arrepiou por inteiro. Virou o rosto para a janela e ficou ali, olhando as paredes daquele túnel como se fossem a paisagem mais bela que já havia visto na vida. Quando voltou a olhar na direção do homem, ele já não estava mais lá. Se deu conta de que agora havia bem mais passageiros no trem. Olhou para baixo, respirando fundo, voltou-se para cima soltando todo ar e fechando os olhos. Encostou o queixo no peito e esfregou a cabeça. Depois, cruzando os braços, pousou a mão esquerda sobre a boca, com o olhar desta vez no nada. Ficou assim o resto da viagem.

Ao chegar na Cinelândia, pela saída que fica ao lado do Cine Odeon, reparou em um camelô, pois não era comum estar por ali naquele horário, sobretudo em um sábado. Resolveu dar uma olhada no que vendia: miniaturas de personagens de mangás. Perguntou quem as fazia e o moço disse que era a companheira dele. Uma artista, falou com orgulho. Caio teve que concordar. Eram perfeitas. E embora não tivesse lido ou assistido nada para além de *Dragon Ball*, *Os Cavaleiros do Zodíaco* e *Yu Yu Hakusho*, reconhecia alguns daqueles personagens. Ficou encantado com um sorridente de short jeans, blusa vermelha aberta, com o peito à mostra e um chapéu de palha. O primeiro que lhe chamou a atenção e para o qual, por todo o tempo em que ali ficou, acabou se voltando. Pensou seriamente em levá-lo, até por não tê-lo achado caro – apenas vinte e cinco reais –, mas acabou por não o fazer. Quando se foi, teve a certeza de que se arrependeria daquilo pelo resto da vida.

Um pouco mais à frente, parou numa barraquinha de cachorro-quente, quase em frente ao Teatro Riachuelo. Agradeceu pela demora, pois se lembrou do macarrão ao molho de brócolis que vendia ali nas tendas perto dos arcos. Amava aquele macarrão de tal maneira que sempre que comia, pensava que se no mundo vegetariano tudo for gostoso daquele jeito, não pensaria nem duas vezes em fazer parte. Pediu o seu e seguiu viagem.

Era no mínimo curioso observar a efervescência da Lapa a partir daquela perspectiva, a de alguém que só está de passagem, sem a intenção de ficar nem a pressa de chegar em outro lugar. Tudo era tão urgente. Dos vendedores que não queriam perder os clientes, inclusive aqueles que nada queriam comprar, às pessoas que, não raro, pareciam adotar uma persona boêmia, como se aquele fosse seu estado natural e não uma espécie de fantasia, um desejo reprimido, que os fazia vestir aquela pele estereotipada só por estarem ali, respirando aquele ar poluído, mas que evoca todo um imaginário em torno do que é a vida carioca. Um misto de perigo constante e excitação extrema sempre circundava aquele lugar.

O celular de Caio vibrou novamente. Mara lhe enviou uns vídeos de bichinhos. Assistiria quando chegasse em casa. Então lembrou das mensagens de Lah, que havia ignorado. Resolveu lê-las. No geral, era o papo cotidiano deles, mas dois breves períodos no meio de tudo o balançaram: *a gente tem se visto muito pouco, tem sido estranho. Estou com saudades de você.* Guardou o celular, comprou uma latinha de refrigerante com um cara que passou por ele e partiu em meio a estranhos e conhecidos.

Parou em frente ao seu prédio, mas não entrou. A perna direita balangando em ansiedade. Esfregou a mão esquerda de maneira abrupta sobre o peito, até que a pousou sobre o pescoço, o segurando como se quisesse se enforcar, mas sem violência alguma. Respirou fundo e começou a andar em círculos, lentamente. Era Jeremias quem estava na portaria naquela noite. De longe, gesticulou para Caio, meio que cumprimentando, meio que averiguando se estava tudo okay. O rapaz apontou para o celular. O fez apenas como uma desculpa, mas isso acabou por fazê-lo decidir escrever para Lah. Tinha que resolver aquela merda toda. *Queria te ver*, a enviou. *Também*, o respondeu quase que de imediato. *Você está em casa?*, ela perguntou em seguida. *Acabei de chegar. Tô em frente, na real. Vou subir agora*, Caio respondeu.

Posso ir aí?

Claro.

Ao entrar em casa, sem ligar luz alguma, foi direto para o banho. Estava tão aéreo que até a comida do Zé Alfredo esqueceu de trocar. Coisa que geralmente já faz no automático quando chega em casa tarde. Ainda assim, se apoiou com os braços cruzados sobre a parede e deixou a água cair sem pressa sobre si. Ficou desse jeito a ponto de se esquecer do tempo. Só deixou fluir. Até que a campainha tocou. Lakshmi havia chegado. Secou-se o mais rápido que pôde, se enrolou na toalha e foi atendê-la. Parou por um instante em frente à porta antes de abri-la e, sem saber como, pensou em tudo o que precisava desenrolar com ela. A campainha tocou novamente, o assustando. Ao abrir a porta e dar de frente com ela, um único pensamento lhe ocorreu: foda-se essa merda toda.

Três e trinta e três da manhã. Caio não fazia ideia do porquê, mas sempre olhava o relógio naquele horário. Continuava acordado enquanto Lah já sonhava com a sua noite de glória, Palma de Ouro e Madeleine sendo a sua acompanhante no Festival de Cannes. Com cuidado para não a acordar, levantou-se e pegou um dos shorts que usava para ficar em casa na pilha de roupas que estava para guardar e o vestiu. De mansinho, foi até à cozinha. Já bastava estar insone, não precisava daquela sede também.

Encheu pela metade um copo de plástico azul de quinhentos mililitros que trouxe para casa de uma boate na qual foi certa feita. Bebeu ao mesmo tempo que virava o corpo em direção à sala, se encostando na bancada da pia. Ao abrir os olhos, o susto. No cerne do cômodo mal alumiado pela noite estrelada, duas esmeraldas flutuavam no ar. Até entender que eram os olhos de Zé Alfredo que estavam fixos nele, sua alma saiu do corpo e por pouco não quis voltar. O negrume de seu pelo havia se emaranhado com a noite, como se fossem um só. Mas antes sua alma não tivesse voltado. A agudeza daquele olhar o perfurava mais do que nunca. Sentia-o lhe dilacerando. Mais uma vez, toda aquela culpa que é só a certeza inescapável, que fuga alguma permite abandonar, tomou conta de si. Como é que pode, né, o simples olhar de um animal que de nada sabe – mas será que não sabe mesmo? – ser capaz de promover tanto estrago? Mas esse tipo de pensamento é também uma maneira de tentar não assumir suas responsabilidades. A vida é isso, escolhas. E a cada escolha, um sacrifício é feito.

Quando encontrou disposição, foi em direção ao gato na intenção de acariciá-lo, e, com isso, talvez, exorcizar de vez aqueles demônios que ele mesmo criou. Assim que levou a mão em direção ao Zé, ele se desfez junto com o breu. Tentou seguir os sons de seus movimentos, que só se fizeram audíveis por conta do calar da noite, porém não conseguiu. De repente, a presença daquele felino se tornou maior do que tudo ao seu redor. Então Caio se virou para a janela, onde, com a postura mais ereta que já o tinha visto, e com os pelos mais compridos do que jamais fora, deslizando com os movimentos que a brisa que o circundava fazia, só não se encontrava mais opaco por causa dos verdes de seus olhos. Caio se arrepiou por inteiro. Desviou o rosto da janela e correu dali, tendo no seu quarto o único refúgio possível, mas era tudo o que precisava para tentar escapar da vida. Pelo menos naquela noite. Na cama, tentou se enfiar nos seios de Lah a fim de encontrar algum abrigo. Aqueles olhos verdes... Aqueles olhos verdes...

Aqueles malditos olhos verdes...

CAPÍTULO NOVE
Nem tudo o que fulgura é ouro

"Cara, vai por mim, você tem que assistir *Insecure*. Essa série é fantástica! Sei que cê não pediu, mas vou ter que palestrar", Mara não se aguentava. "Antes de mais nada, eu preciso exaltar a Issa Rae. O tanto que o trabalho dessa mulher representa para mim não está escrito. Parece que ela ouve várias das conversas que tenho com as minhas amigas. Isso quando não parece que leu a minha mente", disse. E rindo, continuou: "eu sei que isso parece muito emocionado da minha parte, e talvez até seja, mas é que às vezes a impressão é que ela fala diretamente comigo. De verdade. Os problemas, os prazeres, as dúvidas..."

Mara se demorou um pouquinho, mas logo voltou a falar.

"Então, a princípio, a série parece girar em torno de uma personagem chamada Issa Dee, que, como dá pra imaginar, é interpretada pela própria Issa Rae. Só que com o tempo, outra personagem rouba tanto a cena que a gente percebe que a história é – e se não era, passou a ser – sobre as duas. Tudo o mais, numa medida maior ou menor, mesmo que tenha importância, acaba sendo periférico a elas. O nome dessa outra personagem é Molly. E aí a gente vai acompanhando os desdobramentos das vidas delas. As pequenas vitórias, as derrotas frequentes... Seja no amor, na vida profissional ou na relação com amigos e família. Bem vida real mesmo. E mesmo que tudo se passe na cidade de Los Angeles, eu me identifiquei tanto com as questões que rolam na série que eu nem sei. Me sinto contemplada de coração. E o fato de noventa e oito, noventa e nove por cento de todo o elenco ser composto por pessoas negras, dos mais variados tons de pele, estilos e classes sociais, faz tudo ser mais mágico ainda. É uma representação muito honesta e humana da gente. E tudo isso com uma qualidade absurda. Aceito críticas, que não gostem, afinal, gosto é que nem cu, mas falar mal por falar mal eu num aceito não", afirmou, inclinando levemente a cabeça para a direita, com os olhos fechados, gesticulando um não bruto no ar, dando uma risada por fim.

"Juro, como dizem os mais jovens do que nós, eu sou muito cadelinha dessa série. E eu tô muito feliz com a nova temporada. Amanhã vai ao ar o segundo episódio e já estou pensando no que pedir para comer enquanto assisto. Pareço até vocês, homens, em dia de jogo."

Caio gargalhou.

"Tem alguma série que cê gosta tanto assim?"

"Olha, eu meio que vejo de tudo. Não sei se posso dizer que sou fissurado, mas eu gosto bastante. Meu passatempo favorito quando eu tô sem fazer nada em casa."

"Saquei. Às vezes acho que sou um pouco cricri. Não sei se é porque sempre acho que tô perdendo muito tempo na frente da tevê ou se é porque quero fazer mil coisas ao mesmo tempo, mas eu praticamente só assisto as que sei que vou gostar mesmo. Talvez por isso prefira filmes. São mais rápidos e normalmente se fecham em si."

"Pô, mas faz sentido. Eu assistia mais filmes antigamente, hoje quando paro para assistir qualquer coisa, é seriado mesmo."

"E qual foi o último filme que assistiu?"

"*Pantera Negra*, acredita?"

"Pela primeira vez?"

"Sim!", disse, gargalhando outra vez.

"Mentira, cara! Como assim?"

"Pois é. Eu acabei enrolando e só fui assistir faz pouco tempo."

"Tô incrédula. Mas o que importa é que você viu. Muito bom, né?"

"Pô! Demais. Acho que é o que mais gostei desses de super-heróis."

"Acho que eu também. Mas não sei se sou a melhor pessoa para dizer qualquer coisa sobre o assunto. Eu assisto a esses filmes de hominhos, até porque meu velho gosta pra caramba, mas não sou lá muito fã. Mas *Pantera Negra* é *Pantera Negra*! E te falar, gostei muito mais do vilão e das motivações dele do que qualquer outra coisa. E olha que gostei de tudo!"

"Killmonger, o nome dele, se me lembro bem."

"Isso, acho que era Killmonger mesmo. Sinistro! Além de gato", disse, com um riso safado. Caio riu.

"Lembrei duma série que gosto muito e fui super viciado enquanto ainda passava. Talvez seja a minha *Insecure*."

"Opa! Qual é? *Lost?*", disse, brincando.

"Nada!", respondeu, rindo. "*Californication*, conhece?"

"Conheço não. Sobre o que é?"

"Ah, não vou conseguir falar bem assim, que nem você. Mas, resumindo, é sobre um escritor fodão que tem uma vida e tanto. Ele vive cada situação! Uma vida e tanto mesmo. Inclusive, eu queria ser que nem ele na época", disse, rindo. "Hank Moody, o nome."

"Vou dar uma procurada. Vai quê."

"Faz isso! Bem melhor do que eu tentando fazer justiça à série e estragando tudo. Espero que goste."

Caminhavam pela zona portuária do Rio. Mara gostava dali e naquele dia estava bem movimentada. De barraquinha em barraquinha, andavam sem pressa. A cada quilômetro, um artista diferente mostrando a que veio. O sábado estava gostoso. Acordaram cedo para tentar aproveitar bem a cidade. Ao chegarem a um certo ponto do Mural Etnias, que fora pintado para as Olimpíadas do Rio pelo Kobra, Mara teve coragem de matar uma antiga vontade, que não sabia por que, mas morria de vergonha: tirar uma foto em frente a ele. Achava-o lindo e sempre que via a foto de alguém por ali, dizia que ainda faria uma igual. Mas as poucas vezes que lá esteve, sempre deixou passar.

Enquanto ela posava, Caio fez várias fotos para que ela pudesse escolher as que mais gostasse. Ela parecia genuinamente feliz com uma coisa tão simples. Pediu para tirar só mais uma, o que ele fez de bom grado, quando, sem mais nem menos, ela levou um baita susto, ficando sem reação alguma. Tão de repente como todo acontecimento inesperado, alguém pulou em cima de Caio como uma onça quando voa em cima da presa. Ambos quase foram ao chão. Num primeiro momento, foi impossível entender o que estava acontecendo. Por que caralhos atacaram o Caio? Meio paralisada, compreendeu enfim que aquela brutalidade toda não era uma agressão, mas sim uma demonstração de carinho. Quando entendeu o que estava acontecendo, percebeu que quem estava em cima de Caio era uma moça. E apesar de ter ficado *bem* puta por um momento por conta do susto que levara, ficou mais aliviada de ter sido isso em vez de outra coisa, uma que envolvesse violência. Foi num passo tímido em direção aos dois, que pela brincadeira de mal gosto foram parar mais distantes.

Era Lah. Reclamava com Caio de saudades, perguntando por que diabos ele estava a ignorando nesses últimos dias. Quando Mara se aproximou, dizendo que ela quase a matou do coração, Lah entendeu o que estava rolando. Mara também. Sobretudo porque se deu conta de que Lah abraçava Caio pelo pescoço, como se fossem um casal, enquanto ele tentava, meio sem graça, arrumar um jeito de se afastar, como se não quisesse magoá-la. Ficou meio desnorteada, mas não quis se precipitar. Vai que era uma prima, apenas uma amiga. Mas quando todo mundo teve certeza um do outro naquele triângulo, o rosto de Caio disse tudo o que elas precisavam saber. Lah ficou extremamente desconcertada, já Mara continuava meio tonta. Lah se recompôs, olhou para Caio, que parecia estar diante de um terror inominável, o mais pálido que sua pele conseguia atingir, e sem saber como se portar, se apresentou a Mara.

"Oi! Lah! Muito prazer", disse, esticando a mão para a outra.

"Lah?", perguntou Mara, meio confusa com o nome, enquanto também estendia a mão.

"Isso, Lah."

"Mara, o prazer é meu", disse, sentido que isso fora a coisa mais hipócrita que já havia saído de sua boca.

O constrangimento tomou conta do ar. Enquanto Mara passou a transparecer certo abatimento, Lah ficou meio sem saber onde enfiar a cabeça. Jesus, pensou, se a gente não toma todo o cuidado do mundo, sempre dá merda. Caio ensaiou dizer alguma coisa, mas só soltou uns grunhidos. Não quero passar por isso, Lah decidiu, e achou melhor vazar dali.

"Bem, gente... Eu acho que me vou. Bom te ver, Caio. A gente se fala. E mais uma vez, prazer em te conhecer, Mara. Você é linda! Bom sábado para vocês", disse, com certa urgência. E sem cerimônia, se foi no passo mais rápido que as suas pernas curtas conseguiam dar, até que encontrou o grupo de amigos com quem estava dando um rolé naquele dia e foi ficando cada vez mais pequenininha aos olhos dos outros dois.

Abismada, Mara se virou para Caio, que olhou para ela como quem sabe que fez merda e das grandes. Quando fez que ia dizer algo, Mara o interrompeu. Por favor, não... E pegando o seu celular da mão dele, se foi também. Caio não deu passo. E feito bússola quebrada, ali ficou por mais algum tempo.

A cisão dos términos é um troço que machuca. A partir dela, algo sempre se perde. Mara tinha muito medo do que poderia perder desta vez. Não que ela estivesse mal. Ou não muito, pelo menos. Havia passado uns bons dias desde aquele sábado, mas ainda se pegava surpresa pela maneira como estava lidando com tudo. Achou que entraria em outro poço sem fim, mas não foi o que aconteceu. Estava um tanto deprimida, é verdade, mas talvez já estivesse bem calejada também. Ainda assim, o medo do que poderia acontecer a partir de mais essa ruptura a assustava.

Nos últimos dias, andou revivendo não só aquela cena, mas a conversa que teve com Caio depois. Se é que podemos chamar aquilo de conversa. Ele passou dias a fio mandando mensagens e áudios para ela, que não as lia nem ouvia, apenas os apagava.

Não. Não queria saber de porra nenhuma. Até que um dia ele ligou insistentemente e, vencida pelo cansaço, resolveu atender. Para quê, se perguntava. Ao atendê-lo, não disse nada. Daí ele começou a falar a esmo, tentando se justificar. Não durou muito, pois logo argumentou que, no final das contas, ela não tinha direito de ficar bolada daquele jeito, afinal, eles não tinham nada. Pelo menos nada sério. Quando ouviu isso, tudo o que ela queria era encher a cara dele de soco. É sério, Caio, é sério que depois de tudo o que eu te disse, e do que eu te pedi, você vai meter essa para mim? Desligou e não tornou a falar com ele. Quando lembrava dessa ligação, pensava em tudo o que queria e poderia ter dito, mas não o fez, ficando mais pê da vida ainda.

A tempestade é brava na hora, mas logo, logo a gente se distrai e se aquieta com o barulho da chuva. E essa não foi, nem de longe, a pior tempestade pela qual já havia passado. Mara sabia muito bem disso. Não precisava que ninguém a lembrasse. Mas o luto, ele sempre vem. E ela acreditava ser importante lidar com ele. Foi como ouviu um psicólogo dizer certa vez, "o saudável normalmente é sofrer e reconstruir a vida. Se alguém não está conseguindo sofrer ou só está sofrendo sem reconstruir a vida, aí talvez esse alguém tenha algum problema." Ouviu isso no pior momento de sua vida, anotou num *post-it* e o colou num quadro de cortiça que tem em seu quarto. Levaria para a vida. E sempre que precisava, retornava a essas palavras mágicas como se esse fosse o primeiro passo de sua salvação.

Sexta-feira, trinta e um de agosto, acordou sentindo-se um enorme pedaço de merda. Estava tão borocoxô que se sentia vitoriosa só de levantar da cama para se preparar para o dia. O tempo também não estava lá muito legal, cinza e ameaçando aquela chuva chata a qualquer momento. Ao descer para fingir que comeu qualquer coisa, foi surpreendida por Dona Célia, que caprichou no café da manhã. Às vezes parece que a mãe sente que a gente está meio quebrado, né? Pão fresquinho, queijo, manteiga, omelete, geleia de uva, torradas... Impossível aquilo tudo não dar energia suficiente para pelo menos aguentar o batente. Abraçou a mãe sem dizer muito e a encheu de beijos. O sorrisão no rosto dela sempre valia tudo. Conversaram amenidades até a hora de Mara se banhar e ir para o banco. Sempre fora muito grata por trabalhar perto de casa, mas naquele dia a gratidão teve uma cor diferente. Antes de sair de casa, encheu Bento de afago, a única certeza de seus dias, e se foi sem muita disposição, mas com a convicção do compromisso que não dava para postergar. Sem ir muito depressa, levou uns vinte minutos até o trabalho via viação-canela. Chegando lá, teve uma manhã de praxe. Nada de diferente, apenas rotina. De repente o alarme do celular tocou. Puta merda, o show da Luedji é hoje, havia se esquecido completamente. Tinha comprado o ingresso há mais de mês, não lembrava mesmo. Não bastasse já não estar na melhor naquele dia, o show ainda seria na Lapa. A última coisa que queria era esbarrar com quem não estava a fim de ver nem pintado de ouro. Agora precisava decidir se fazia esse esforço ou se abria a mão de vez. Enfim, deixaria para decidir isso mais tarde, pois iria se desligar do mundo um pouco e focar no trabalho.

Era por volta das seis e quarenta quando Mara chegou em casa. Seu corpo pesava tanto que não sabia como estava conseguindo andar. Deu um beijo no pai, outro na mãe, jogou a bolsa numa parte do sofá e se deixou cair na outra. A cara? Hmmm. Não era das melhores. Seu Itamar perguntou se estava tudo bem. Tá sim, pai, só um dia de bosta, embora nada tenha acontecido. Normal, às vezes rola, ele respondeu. Bento estava deitado na sua caminha. Mara deu língua para ele, que se agitou um pouco, mas não saiu do lugar. Na tevê, *Orgulho e Paixão*. Mara sempre se perguntava se seus pais não se incomodavam com essas novelas sempre cheias de gente branca que, como já ouviu dizerem por aí, nem parecia o Brasil. Já foi mais noveleira. Hoje em dia, praticamente só assiste um capítulo ou outro com os pais. Levantou, foi até a cozinha, passou requeijão em duas fatias de pão e pegou uma caneca de café que, como todo dia nesse horário, estava quentinho a esperando. Voltou para a sala para comer junto aos pais enquanto a novela ia acabando.

A escuridão foi se esvaindo e o sons se tornando pouco a pouco compreensíveis. Os sentidos, confusos, foram se organizando. Mara olhou para a mãe, que sorriu em resposta. O pai não estava mais por ali. Olhou para o relógio, oito e dezessete. Sorriu de volta para Dona Célia, resmungando que havia cochilado, como se houvesse alguma necessidade de dizer o que a mãe já sabia. Se espreguiçou com vontade, então levantou-se decidida a tomar uma ducha. Ao sair do banho e chegar no quarto, lembrou que não havia pensado sobre o show. A perna esquerda começou a balançar num sinal de ansiedade pela resposta que não tinha. Estava na cara que não ia, mas num arroubo decidiu que iria, sim. Abriu o guarda-roupa e começou a escolher o que vestir.

O caminho inteiro até o show foi uma bagunça. Ora estava de boa, aberta para o que a noite poderia oferecer, ora se arrependia de não ter sossegado em casa, como se essa escolha pudesse ocasionar eventos sobrenaturais que mudariam o curso do mundo. A ansiedade, quando quer, transforma qualquer ventinho em furacão, não é mesmo? Mas Mara aceitou que não tinha mais volta e lidou com essa balança descalibrada até chegar ao seu destino.

 Diante dos arcos, comprou uma caipirinha e marcou um dez no meio da galera que ainda estava do lado de fora da casa de shows, para ver se não avistava algum conhecido. Havia de ter um, não era possível, mas não viu ninguém. Não por ali. Os únicos rostos familiares que reconheceu foram de alguns famosinhos que ela até gostava, mas que jamais iria tietar. Não era de seu feitio. Pegou o celular para ver as horas e até esqueceu do horário, pois havia uma mensagem de Caio. Será que ele estava por ali? Afinal, sabia que ela iria ao show e morava a dois passos de lá.

Gelou, mas resolveu ver do que se tratava: era uma foto linda de Zé Alfredo. Sem mais nem menos, sem nada dito, sem nem por quê. Pelo menos não foi a foto do pau, Mara pensou. Mas também não poderia mentir, aquela foto aleatória a deslocou mais um pouco. Era medo, incertezas, uma vontade de se esconder... Um gatilho pequenininho, mas que acabava acionando outros, bem maiores. Sentiu que se deixasse seus impulsos agirem, daria meia-volta e correria, sabe-se lá para onde, mas iria enquanto as suas pernas aguentassem. De súbito, olhou para frente, e sem pensar muito, atravessou os portões, passou pela catraca e sentiu aquela taquicardia que a apossou ir se arrefecendo.

Ao pôr seus pés naquela famosa nave, pouco a pouco tudo mudou. O Circo Voador era, de longe, um dos seus lugares favoritos neste mundo. Sentia-se genuinamente em casa. E, não raro, esquecia por completo do mundo lá fora. Era um momento só seu e de quem mais lá estivesse, como se fosse uma comunhão. Mas naquela noite, *naquela noite*, tudo estava diferente. Mais especial.

Deixou seu corpo fluir pela área aberta do Circo como se estivesse em maré mansa, já maravilhada com a boniteza da noite que se anunciava a partir dali. A casa já estava cheia, o que não lhe pareceu comum, pois o povo costuma enrolar pela Lapa – ou chegar mais tarde mesmo – e entrar mais em cima da hora. Não era o que se via. A galera estava espalhada, à vontade, muitos pelas mesas, sorridentes. Sentiu um leve lamento por estar sozinha, mas na mesma medida, uma certa alegria por poder testemunhar tudo aquilo em silêncio.

No banheiro encontrou uma colega de faculdade. Nunca foram muito próximas, mas ambas abriram um sorriso honesto, e se cumprimentaram com uma estranha alegria. Ao sair de lá, distraída, esbarrou sem querer numa moça que segurava um capacete. Acharam graça. Só depois a reconheceu, era uma cantora também. Larissa Luz, o nome? Não tinha certeza, mas achava que sim. Pensou em achar um lugar vazio para se sentar, mas queria mesmo era passear por ali, aproveitar aquela energia.

E foi o que fez. Ficou dando voltas e voltas, sem demora, só apreciando o momento.

Sentia que o show estava perto de começar, então parou ao lado de uma das pilastras que sustentam o Circo para decidir o melhor lugar para assisti-lo. O público já começava a se achegar mais e também a aglomerar ali na meiuca. Foi quando percebeu alguém se aproximando pelo seu lado esquerdo e tomou um susto: Conceição Evaristo. Mara congelou, tentando esconder o sorriso, mas sem sucesso. Como amava aquela mulher! Pensou em pedir um abraço, mas não teve coragem. Também não queria perturbar. Sabia que assim que a descobrissem, não a deixariam em paz, e não deu outra. Do nada uma pequena multidão a cercou, com ela sendo uma querida com todos. Se distanciou um pouco, pegou o celular e mandou uma mensagem para o grupo que tinha com a Sulamita, a Ana e a Jennifer. *Cês não vão acreditar quem está do meu lado aqui no Circo Voador! A Conceição Evaristo! Ela é maravilhosa! Até pensei em pedir um abraço, mas arreguei, hahaha! Estou mais apaixonada ainda!*

Brotando no palco do nada, como já é costumeiro, o Lencinho foi por um breve momento impedido de fazer a sua já tão famosa e acalorada apresentação. O êxtase tomou conta de todos com a certeza de que a dona da noite estava prestes a dar o ar de sua graça. E assim foi: quando ela apareceu, toda de branco, enquanto a banda já preparava o terreno, foi feito maremoto. A magia então se desnudou por completo. Houve uma vida antes daquele momento, haveria uma outra dali em diante.

Quando as asas de Luedji se abriram, foi impossível conter o choro. Dentro ali, o amor e a dor. Como no canto da cantora, o corpo de Mara se mostrou um no mundo. E o acalanto que tanto ansiava veio quando não estava à espera. O imaginou de tantos jeitos! Jamais sonhou que ele viria como veio, em meio a tanto alumbramento. Se deixou inundar, se tomar inteira. E sem se importar com as voltas que não trouxeram resposta, com um banho de folhas, lavou a alma.

Palavra alguma parecia capaz de dar conta do que rolou naquela noite de sexta-feira. Acontece que narrar o inenarrável é a tarefa possível do impossível. E essa seria uma busca pela qual Mara sempre se doaria. Como dar forma ao que é por si só pertencente à esfera da intimidade mais pura que existe? Pela poesia? Pela música? Pelo toque? Com outra forma de linguagem? Não sabia. Só queria pôr para fora tudo aquilo que a queimava por dentro. Era bom demais para morrer em si. Queria compartilhar com todos.

Mesmo com o fim da apresentação, o clima que se criou no Circo Voador não se dissipou. Em vez das pessoas debandarem, como era normal, elas se acomodaram por todo aquele espaço. A última coisa que aquela noite parecia, era ter acabado. Como se sentia seduzida por isso, e ainda estava relativamente cedo, Mara também decidiu ficar. Sem mais nem menos, a Bixiga 70 foi anunciada no palco. Havia se esquecido completamente de que a Luedji era a atração de abertura, tamanha a sua magnitude, tamanha a quantidade de gente que lá foi só para vê-la. Como não conhecia a banda, ficou curiosa, se encaminhando para um ponto onde conseguiria assisti-los, nem que fosse só um pouco, mas sem enfrentar as pessoas que se acumulavam lá na frente. Ao olhar aquele povo, lembrou que a Ceição assistiu a Luedji do meio da muvuca. Quando a cantora, emocionada, comentou essa alegria, todos se viraram em sua direção, em sua celebração. Elas estavam bem pertinho de novo.

A Bixiga 70 estava arrebentando. Quando se ligou, já estava se balançando ao som instrumental dos caras. Sorriu ao pensar que aquela era uma música ambiente de luxo, visto que boa parte da galera ainda se encontrava por lá, fosse batendo papo ou só aproveitando mesmo. De repente, uma mulher ao seu lado acendeu um cigarro de maneira tão elegante que não teve como não acompanhar. Quando seus olhos se encontraram, Mara abriu um sorriso, com a mulher sorrindo em resposta, sabendo ter sido reconhecida: era Ana Maria Gonçalves, a autora do seu livro da vida. Também quis lhe dar um abraço, mas, outra vez, não teve coragem. Porém, só aquela breve troca entre as duas já tinha sido suficiente.

Mara não sabia o que a fez sair naquela noite, mas agradecimento era pouco para o que sentia. Olhava ao redor e tudo reluzia. Nem tudo o que fulgura é ouro, às vezes é coisa mais bonita: a pele negra. Mara não se lembrava de ter vivido outra noite tão preta e bela como a que estava vivendo. Estava chegando a hora de ir embora – quanto mais tarde, pior para voltar sozinha –, mas não queria arredar o pé de lá. Era como se estivesse em casa, coisa que só as rodas de samba tinham o poder de lhe proporcionar. Deixou as lágrimas correrem e se misturarem com o sorriso que não conseguia tirar do rosto. Sentia que finalmente a cura resolveu bater à porta. Já era hora.

CAPÍTULO DEZ
Lost & Found

O som da porta do armário da cozinha fechando foi seguido pelo tilintar de uma taça sendo posta sobre a bancada da cozinha. De repente um *ploc*, então o vinho sendo servido. O que viria depois seriam os passos, tão particulares que poderia distingui-los numa multidão. Dona Alcione pousou a garrafa de *cabernet sauvignon* sobre a mesa baixa de vidro escuro que ficava ao centro da sala e sentou-se na outra ponta do sofá, que por conta do seu formato em cê, a pôs de frente para ele. Caio olhou para ela, deu um sorriso tímido, e retornou os olhos para baixo. Segurava o tornozelo da perna direita, que estava dobrada, enquanto a outra, por cima daquela, lhe permitia ter a planta do pé sentindo a textura do tapete.

Dona Alcione deu um gole sem tirar os olhos do filho. Esse menino andava estranho, meio amuado. Desde agosto que mal a visitava. Poderia contar nos dedos as últimas vezes que o viu. Naquele sábado, chegou depois do almoço estar pronto. Por muito pouco não comeram juntos. Fora um dia atípico, no qual ele mais ouviu o falar dela, sem muito responder.

Se recostou melhor. Havia se sentado como Caio, não negando a sua cria, mas seu braço direito apoiava-se no encosto ao lado enquanto a mão esquerda se ocupava do vinho. Deu outro gole, então o chamou, *psiu*. Caio se voltou para ela, o mesmo sorriso de antes. Mas sem dizer nada. Tornou a olhar para baixo.

"Que bicho te mordeu, menino?"

Caio fechou os olhos, respirando fundo, mas não conseguiu dizer nada. Seu primeiro impulso foi de chorar, coisa que ele se recusava a fazer.

"Eu não perguntei para não ouvir resposta", Dona Alcione disse, calmamente, precedendo outro gole.

Caio tampou o rosto com as duas mãos, logo esfregando-o sem delicadeza. Ao revelar o rubor, também tirou o véu que cobria o que estava escondendo. Era o tipo de conversa que nunca se viu tendo com a mãe, mas contou a *sua* versão dos fatos.

Dona Alcione era uma excelente ouvinte. Deixou o filho falar sem emitir chiado algum. Caio foi de uma ponta à outra da história, tentando ser o mais fiel possível à sua cronologia. Falou aos montes, mas ainda assim a sensação de que não tinha falado tudo persistia. Dando-se por satisfeita, acreditando ter ouvido tudo o que precisava, sua mãe pegou a garrafa da mesa e despejou o que ainda restara em sua taça. Se acomodou, deu mais uma bebericada e não vacilou.

"Eu espero que você não tenha dúvidas de quem é o errado nessa história."

Caio engoliu seco.

"Para ser bem honesta, eu espero que você entenda o tamanho da merda que você fez", cravou.

Por um segundo, Caio se arrependeu de ter aberto a boca. Ainda mais porque, mesmo se esforçando para ser o mais justo possível, havia tentado abrandar as coisas para o seu lado. E nem assim conseguiu que a mãe passasse a mão na sua cabeça.

"Olha, meu filho... Eu sei que às vezes é muito difícil, mas a gente precisa não só admitir os erros, mas encará-los. Se não fizermos isso, eles nos corroem. Olha para você: tem quanto tempo que isso tudo aconteceu? Uns dois meses? Uns dois meses. E você ainda está aí, se remoendo, sem conseguir virar a chave. A ficha já caiu, querido. O que importa é o que você fará a partir de agora."

Dona Alcione falava sem desviar o olhar de Caio, que apenas ouvia, cabisbaixo.

"Eu consigo entender todos os pontos que você tentou salientar, de que você não tinha acordo nenhum com nem uma dessas moças, mas isso não muda nada. Não sei se isso é claro para você, pois deveria, mas às vezes as coisas são muito mais do que a gente consegue enxergar. Pois bem. Você está olhando para essa situação toda a partir de uma perspectiva que, sim, tem fundamento, mas não explica tudo. Você não namorava nenhuma delas, e talvez neste mundo moderno essa não seja nem mesmo a questão. O ponto aqui, definitivamente, não é esse. Você quebrou a confiança de ambas por conta de uma coisa basilar: falta de comunicação. Tem um ditado ótimo que eu adoro, 'o combinado não sai caro'. É isso."

Caio lembrou de Bernardo nesse momento. O amigo tinha razão. E o pior? Sabia disso. Deveria ter seguido os conselhos dele, mas não o fez.

"Pensa comigo, meu filho. A moça do nome estranho estava nitidamente sentindo a sua falta e você fugindo dela porque estava com outra. E olha que ela nem me pareceu pedir coisa demais. Só queria saber de você. E pelo que você contou, o relacionamento de vocês era um tanto liberal, e não digo isso de forma negativa. Já com a que mora aqui – é Mara, o nome, certo? – as coisas eram bem mais delicadas. Confesso que me admira saber que você tinha total ciência dos traumas dessa moça e não teve a decência de ter tomado cuidado com ela. E no final das contas, tudo o que ela te pediu foi justamente isso, ter cuidado. A partir do momento que ela se abriu daquele jeito para você, ela propôs um acordo que você aceitou e não cumpriu. Deus queira que essa moça esteja bem, meu filho! Deus queira!"

O jeito que Dona Célia falou de Mara fez Caio sentir-se como se alguém tivesse enfiado uma faca em sua barriga, girando-a sem dó. A mãe percebeu.

"O que me conforta é saber que, apesar de tudo, você ficou mexido com toda essa bagunça que você fez. Isso só reforça uma coisa que tenho muito forte aqui dentro", disse, batendo levemente com a palma da mão direita sobre o coração. "Embora você tenha errado feio, você não é um escroto. E pode melhorar. Como te falei ainda há pouco, esse erro não te define. O que você fará a partir disso é o que realmente importa. E acho que não o repetir, nem fazer nada minimamente parecido, já seria um bom começo, visto que já entendeu o peso das suas ações."

Caio assentiu. Queria se agarrar àquelas palavras, mas não tinha certeza se podia. Enfim, perguntou a Dona Alcione: "E o que eu faço agora, mãe?"

"Desculpa, meu bem. Essa parte é com você. Não tenho como te dar essa resposta". E abriu os braços para ele, chamando-o docemente ao seu encontro, pois, independente de qualquer coisa, esse homem, que para ela seria sempre um menino, nunca deixaria de ser seu filho.

Mais tarde, já em casa, Caio ainda mal se aguentava de ansiedade. Sem saber se era somente um impulso ou desejo genuíno de acertar as coisas, mandou uma mensagem para Lah: *topa me encontrar para trocar uma ideia?* Assim como Mara, não a via desde aquele dia. Mas ao menos com ela ainda parecia haver alguma abertura.

Quando o celular tocou, ficou com medo de ler a resposta. Pensou em enrolar por algum tempo, inventar algo para fazer e não olhá-lo tão logo, mas achou melhor resolver isso de uma vez por todas. *Claro! Pra onde vamos?* Sentiu um peso enorme saindo das costas. *Pode ser no Ximeninho da Riachuelo?*, perguntou. *Fechou! Chego lá em meia hora.*

Pôde fazer o caminho até o bar a pé, e essa é uma coisa que sempre deixava Caio meio bobo. Antes, qualquer rolé pelo Rio o fazia gastar pelo menos três horas: uma se organizando para sair, duas, mais ou menos, só com o deslocamento. A volta para casa era a mesma brincadeira. Aí, se parar para pensar, tem gente que passa esse mesmo sufoco dia após dia, seja para meter a cara no trabalho, seja para meter a cara nos estudos. Pensou em Jeremias, coitado, cuja rotina o fazia ou madrugar para assumir o posto na portaria do prédio logo cedo, ou sair tarde pra caramba dele, com o humor de centavos quando chegava em casa, tendo que comer qualquer coisa pela rua, porque senão dormiria com fome, tão cansado que chega, mal tendo forças para o banho. Lembrou de Mara, que virava e mexia, cruzava o estado, muitas vezes se colocando em risco ao fazer isso em horários terríveis, só para poder viver algo que ainda se faz raro em cidades como Queimados.

Sorriu ao ver que Lah já o esperava. Ter pensado em Mara fora um golpe baixo da mente. Ainda bem que já estava chegando e, mais ainda, não teria que aguardar por ninguém. Ao se aproximar, Lah se levantou e deu um abraço apertado nele. Sentia mesmo a sua falta. Se acomodaram. Lah já tinha pedido uma Original, Caio só teve o trabalho de acompanhá-la. Brindaram e aí começou aquela sessão de trapalhadas tão típicas de quem não se vê tem tempo e não sabe bem como agir. Mais da parte de Caio, é verdade. Lah estava super de boa.

"Cara, gosto muito da coxinha daqui. Vou pedir uma. Vai querer?"

Caio pensou em negar, mas decidiu embarcar nessa também. O atendimento foi rápido, e elas não demoraram a chegar. Comeram devagar, Caio respeitando o ritmo da prosa, Lah nas nuvens com aquela explosão de sabores. Quando terminaram de comer, Lah puxou o assunto: "mas e aí, bicho? Você disse que queria trocar uma ideia."

Caio sorriu. Sentia-se agradecido pela pergunta. Não estava sabendo como começar a falar.

"Então, Lah... Acho que eu não tenho nem muito o que dizer, na real. Mas queria fazer isso ao vivo, cara a cara. Sendo bem diretão mesmo, queria te pedir desculpas. Por tudo."

Lah sorriu também, mas não disse nada.

"Você me desculpa?", disse, sentindo-se um idiota apressado logo após ter perguntado.

"Claro que não. Você é o maior culto ao pau no cu extremo", Lah respondeu de supetão. Caio arregalou os olhos e ela caiu na gargalhada.

"Tô brincando! Li uma entrevista velha do João Gordo mais cedo e ele mandou essa. Tava louca para dizer para alguém", disse, descontraída. "E claro que te perdoo, Caio. E para ser sincera, sinto que eu também tenho alguma responsabilidade naquela cena pitoresca – que por sinal, fique sabendo, já a coloquei no roteiro que tô escrevendo", disse, tirando um sorriso de Caio.

"Você me deu um baita susto, mulher", o rapaz disse, aliviado. "Mas por que você diz que também tem responsabilidade? Não consigo achar um cuzão naquele dia que não seja eu."

"Bem, depois daquele dia eu percebi duas coisas. A primeira é que eu não estava me comunicando de maneira clara com você. O que levou à segunda coisa, que foi eu não ter sido de fato honesta contigo."

Caio estava surpreso na mesma medida que confuso.

"Depois do meu último namoro, eu tomei a decisão de não entrar mais em namoros. Pelo menos não mais em namoros, como podemos dizer... convencionais! Isso. Namoros convencionais."

Caio prestava atenção.

"Não faço ideia se você compreenderá isso da maneira como eu gostaria que compreendesse, mas sendo bem direta, eu não sou monogâmica. Não quero entrar em detalhes desse último namoro, até porque a outra metade dele, pelo menos para mim, é um vacilão de verdade, e acho que não merece nem ser lembrado. Mas no fim desse relacionamento eu percebi que estava me prendendo demais. Caio, querido, eu tenho muito amor aqui para dar. Uma pessoa só se afogaria com ele", Lah disse, sorrindo de um jeito que transparecia a sua tranquilidade.

"Mas isso não quer dizer que as coisas sejam sempre as mil maravilhas. Por exemplo, uma pessoa que amo muito e queria muito ter por perto não mora mais no Brasil e não sei quando a verei novamente. Teve um caso também, que foi maravilhoso, mas não deu certo porque o carinha não conseguia viver essa minha realidade. E teve o nosso rolo, que eu estava adorando, mas que por descuido meu – não querendo tirar a sua responsabilidade, claro –, foi por água abaixo."

Caio assentiu.

"Foi naquele dia que eu percebi que precisava deixar isso bem claro para as pessoas com quem eu começasse a me relacionar. Não te disse e você não soube lidar com o afeto que eu tinha para te dar. Além disso, estava se relacionando com outra pessoa, o que não era problema algum para mim, mas a gente acabou fazendo mal para ela. Na real, mais você, né? Pois eu não fazia ideia de que ela existia, embora isso devesse ser óbvio para mim. Eu tinha que ter me certificado de que a gente estava na mesma página, de que você não estava envolvido com ninguém que poderia não saber de mim e, principalmente, não correr o risco de ser *a outra*. E me surpreende não ter pensado nessa possibilidade na época. Mas digo que tenho responsabilidade nisso, pois, por estar tão agarrada ao conceito teórico das escolhas que fiz para mim, não estava atenta para os desdobramentos práticos. O que não me culpo tanto, afinal, tem coisa que a gente só descobre vivendo, né? É como eu sempre digo: é fazendo merda que se aduba a vida. Mas o que eu quero com esse discurso é deixar isso aqui claro: por estar tão de boa e à vontade com a ideia de amar quem eu quiser, sem medo e sem amarras, estava aceitando *acriticamente* as migalhas que você estava me dando."

"Nossa, essa doeu", disse Caio.

Lah sorriu.

"Acontece", disse, fazendo desse verbo uma lâmina. "Naquele dia isso ficou bem claro para mim. Eu já tinha percebido, na real. Fazia algum tempo que eu só corria atrás de você. Te procurava e você demorava a dar sinal de vida. Muitas vezes com uma desculpa qualquer. Isso magoava, sabe? Não é porque amo desse jeito que eu não me machuco como qualquer pessoa. Mas como você era sempre um querido quando resolvia aparecer, eu dizia para mim mesma que aquilo era paranoia minha, e toda vez me colocava disponível. Precisei daquele constrangimento para perceber que as coisas entre nós só aconteciam segundo as suas vontades. Não vou mentir, fiquei triste. Mas como eu disse, acontece. E eu tô de boa."

"Também não vou mentir, achei que essa conversa seria difícil, mas por outros motivos."

Lah fez uma careta, deu um gole na cerveja e depois sorriu.

"Parece que eu sou bem mais cuzão do que eu imaginava", completou Caio.

"Relaxa. Homem costuma olhar só para o próprio umbigo mesmo e não se importar com o que tá rolando com as outras pessoas. Principalmente se forem mulheres", disse, sem misericórdia. "É da raça, o que não quer dizer que seja legal ou aceitável."

Ficaram quietos por um tempo.

"Veja, Caio. Sei que estou sendo dura, mas eu realmente não estou bolada com você. Fiquei chateada, sim. Não é porque falhei em me comunicar que você também não precisava fazê-lo. Mas eu estou *realmente* de boa. Estamos de boa."

"Obrigado."

"Você já conversou com a Mara?", Lah perguntou, depois de outro breve silêncio. Foi bem esquisito para Caio ouvi-la dizer o nome de Mara.

"Não. Ainda não consegui. Acho que não cabe dizer aqui o porquê, afinal, são coisas dela, mas com ela o buraco é, sem dúvida alguma, mais embaixo."

"Entendo. Então isso quer dizer que *com ela* você foi um vacilão de verdade."

"Uhum… Acho que podemos colocar dessa forma."

"Pois é, meu camarada", disse, enquanto enchia o copo. "Esta é uma história que definitivamente não passa no teste de Bechdel."

"Oi?", Caio perguntou de imediato, fazendo com que Lah soltasse uma risada.

"Dê um Google depois."

Ficaram quietos de novo, mas desta vez, ambos se olhavam com atenção, mas enquanto Lah não tinha com o que se preocupar, Caio mantinha o rabo entre as pernas.

"Bem, acho que esse papo deixa claro que eu perdi a chance de ter qualquer coisa com você outra vez, não é mesmo?", Caio soltou, em tom de galhofa, também querendo quebrar o clima.

Lah cerrou os olhos.

"Sabemos que toda brincadeira tem um fundinho de verdade, mas... acho, *só acho*, que você não está na posição de fazer esse tipo de brincadeira no momento", disse, em meio a um riso que a escapava, mas firme o suficiente para que ele não tivesse dúvidas de que *ela* não estava brincando.

"Mas falando sério, até para que não fique nenhum tipo de dúvida entre a gente: eu gosto pra caramba de você, Caio. Mesmo. E senti uma saudade danada sua, dos nossos momentos juntos. Você não faz ideia. Mas, *romanticamente*, não rola mais. Eu super adoraria ter você na minha vida, e espero que queira ficar, mas como amigo mesmo. Acho que a gente pode se dar muito bem nesse tipo de configuração."

Dava para ver a felicidade e o alívio no rosto de Caio. E ele não precisou dizer nada para que Lah soubesse como ele estava se sentindo.

"Sem contar que será ótimo não precisar lidar com o lado macho tóxico e *filhadaputa* que você tem", completou, em meio a um riso debochado, antes de levar o copo de cerveja à boca, desta vez sendo ela a fazê-lo rir.

Caio pôs a mão sobre a de Lah e, segurando-a firme, só conseguia dizer obrigado.

Ter se encontrado depois de tanto tempo perdida era algo que Mara ainda estava se acostumando. Não que fosse ruim, mas escaldada como era, estava numa constante espera de que as coisas se desmantelassem. Mas sem perceber, pouco a pouco ia se deixando levar pelos dias, aceitando a calmaria que veio depois de tanto esporro. Não sem achar engraçado como esse tipo de devaneio a tomava sempre que ouvia as duas músicas que fizeram a sua trilha sonora nesses tempos de transição. Sobretudo porque ambas se chamavam "Lost & Found". Quase todo dia as colocavam para tocar. No começo, as canções a dilaceravam inteira. Era difícil ouvir aquelas vozes tão lindas cantarem sobre a dor e o temor que envolvem relacionamentos, sobre se quebrar e cair, não querer que o outro se vá e, por fim, se odiar por ter se tornado irreconhecível até para si mesma. Tudo o que ela viveu, deixando marcas que jamais sumiriam. Ao mesmo tempo, era muito bom ter consciência disso tudo estando sóbria. Sentir essa ferida latejar e não entrar em desespero era tudo o que precisava. Era a certeza de que a paz que enfim a ocupava não era efêmera, mas, sim, perene.

Havia também outra coisa curiosa a respeito das duas cantoras que a intrigava: ambas eram britânicas e descendentes de jamaicanos. Mais uma coincidência as envolvendo e que despertou em si a vontade de conhecer melhor a história da influência do país caribenho na terra da rainha. Nessa aventura, descobriu que a autora que Caio estava enrolando com a leitura também tinha suas raízes na Jamaica. Foi aí que percebeu que a sua decepção com ele começou a minguar e não ter mais importância. Sorriu, decidindo que as suas próximas férias seriam em Londres.

Contudo, aquele outubro estava sendo intenso. A descoberta de novos prazeres e o medo do que aparentava se avizinhar fez com que Mara se distraísse bastante. E isso foi imprescindível para que os bons ventos fizessem seu trabalho. Não sem seus poréns. As eleições daquele ano, por exemplo, estavam lhe tirando o sono. Tinha esperança de que o mal não venceria, de que o brasileiro não depositaria a sua fé no que já se anunciava podre, mas seu estômago se revirava todo toda vez que pensava que o contrário não só era possível, mas que aquela boca raiventa só estava à espera de que soltassem a sua coleira para poder abocanhar o que visse pela frente, adoecendo tudo e todos com o visco que lhe escorria junto à baba. Se engajou, se disponibilizou para conversas e entrou na querela do vira voto. Havia de dar. Havia. De. Dar.

Entretanto, tinha outro algo lhe roubando a atenção: a presença tardia de seu aborto. Não se arrependera. Felizmente fora uma escolha que pôde fazer em um momento de rara tranquilidade e consciência de si em meio àqueles tempos nebulosos. Mas se naqueles dias precisou se preocupar apenas com a coragem que se seguia à decisão, depois de feito, pouco pensou a respeito, mesmo que o sentimento de abandono e desamparo tenham lhe feito companhia duradoura. Mas não agora. Agora essa lembrança fazia questão de se sentar junto dela em qualquer sala, feito um elefante branco que não dá para ignorar. Não entendia o porquê. Não problematizava a decisão. Ao contrário, a sabia acertada. Mas a coisa estava ali, a encarando. Talvez fosse a vida lhe ensinado que não podemos simplesmente fingir que algo não aconteceu. Cedo ou tarde, sempre precisaremos nos virar para essa sombra e olhar em seus olhos. Ela é parte de nós agora, não podemos seguir em frente sem ela.

Mas para a sua sorte, na mesma semana que *conheceu* Lah, resolvera finalmente dar ouvidos ao que Elisângela sempre a aconselhava durante a terapia e pôs seu corpo para se mexer. No começo foi uma merda, não fazia sentido algum pagar para sentir dor, mas logo que os resultados foram se mostrando, começou a mudar de opinião. Passou não só a gostar, como a se dedicar àquela tarefa masoquista de puxar ferros. Acordar às cinco e comer com calma para às seis e meia poder estar numa academia ainda vazia e, com isso, esquecer do mundo ao mesmo tempo que se preparava para ele? Se você dissesse isso a ela há pouco mais de dois meses, ela falaria que você tava maluco. Mas lá estava Mara, de segunda à sexta, e às vezes sábado também, alongando a coluna, indo de aparelho em aparelho, trocando os halteres e anilhas por outros cada vez maiores, mas com um deleite que até então desconhecia. Se soubesse que pegar tanto peso assim ajudaria a cabeça a ficar tão mais leve, não teria perdido tanto tempo como perdeu.

Num desses dias, depois que voltou em casa para tomar uma ducha e comer outra vez antes de partir para mais um dia de labuta no Banco do Brasil, Mara aproveitou que estava com um tempinho sobrando para ficar de boréstia. Nessa, enquanto fuçava as mídias de seu celular, achou as fotos que Caio havia feito na última vez que se viram. Tinha esquecido delas. Com dó, pensou em apagá-las, mas uma estava especialmente bonita. Tinha certeza de que foi a última das fotografias que ele fez, pois era a que tinha sido feita a uma distância maior. Mara ficou a ponto de chorar ao se perceber tão aberta, vulnerável e feliz naquele retrato. Uma boca e um nariz femininos e negros sob diversos tons de rosa, vermelho, azul e verde tomavam a maior parte daquele desenho de luz. Mara se recostava ao centro. Vestia uma calça jeans e uma blusa amarela que, como sempre, ornava com a sua pele acobreada. Sua perna esquerda estava dobrada ao alto, se apoiando na parede. Suas mãos, espalmadas, também à parede, pareciam uni-la à pintura. Seus cachos, soltos ao vento, seu sorriso, aberto feito o mar. Era Mara quem dava cor e vida àquela imagem. Sua *maravilhosidade* só fora possível porque Mara existia. Não teve dúvidas, a guardaria. Sentia que aquele era um registro de sua crisálida, mesmo que, até aquele momento, jamais havia pensado naquele episódio desse jeito. Não tivesse tudo acontecido, talvez nunca tivesse o seu abrir de asas.

Olhou as horas e percebeu que teve a proeza de se atrasar. Suspirou, mas de pronto se levantou. Subiu num passo só, sendo seguida por Bento. Pegou a bolsa, voltou, caçou as chaves, trancou a casa, mas antes de abrir o portão, pegou o celular na bolsa, deu outra olhada na foto e a publicou nas redes sociais.

Caio acabara de morder um pedaço de bife à milanesa quando, olhando o celular, viu a fotografia. Pôs o garfo sobre o prato, deu um gole no refrigerante e se dedicou a ela, observando os detalhes, ampliando-a, tentando ver melhor o rosto de Mara. Lembrou do momento em que bateu aquela foto, de como ela estava linda, mas também de como tudo foi por água abaixo no segundo seguinte. Não demorou para que uma ideia alugasse um triplex em sua mente: seria aquilo um sinal de que estava perdoado, de que tinha de novo outra abertura com Mara? Afinal, ela não apagou a foto, como poderia já tê-la postado há muito tempo. Por que só agora? Quase se esqueceu da comida.

Seu foco tinha ido para o brejo. O foda é que ainda tinha muitas aulas para dar, o que fez do melhor jeito que pôde. Se deu certo, isso já eram outros quinhentos. Ficou esgotado duma maneira que lhe era incomum. Tudo o que queria era meter o pé do curso. Mara saltitava cantarolando em sua mente, queria ficar sozinho. Ao subir à sala dos professores, precisou dar uma desculpa qualquer para não ter que sustentar as conversinhas à toa dos seus colegas. Tenho um compromisso que não posso atrasar, disse. E saiu saindo. Deu um tchau apressado para as meninas da recepção, que estranharam ele não parar como sempre fazia. Nem o copo até a boca daquele café melado que ele adorava, ele pegou. Só foi. E foi com vontade.

Prestes a atravessar a passarela, viu que um trem para a Central estava chegando. Costumava preferir ir para a casa de van, mas como sempre tinha que esperá-la encher, correu para não o perder. Ao entrar no vagão, havia apenas um casal escorado um no outro e um vendedor sem disposição de seguir anunciando seus chocolates. Se dirigiu até um banco único antes do vão que ligava aquele ao outro vagão e lá se sentou. Há quanto tempo não se sentia tão agoniado assim? Fechou os olhos e tentou apenas se dissociar de si mesmo.

De repente, já estava em Anchieta. O que lhe fez lembrar do celular, pois o sinal de sua operadora era inexistente na região da estação do bairro. Ainda assim, o pegou na bolsa e como sempre fazia, tentou usá-lo. E mesmo com a rede móvel falhando, a fotografia de Mara se manteve carregada. Não conseguia atualizar a página, voltar, sair dali, mais nada. Era só a foto e ponto. E enquanto o trem não seguia viagem, ficou olhando para ela, dedicando a mesma atenção de mais cedo. Com a certeza de que se estivesse morrendo e precisasse falar com alguém por ali, partiria dessa para a melhor, abriu a agenda, clicou no contato dela e fez a ligação.

Mara jogava Uno com Ana, Jennifer e Sulamita quando o telefone começou a tocar. A indiferença que sentiu ao ver a foto e o nome de Caio no visor do aparelho fez com que ela pedisse licença às amigas e o atendesse.

Quando Caio ouviu a voz de Mara dizendo "alô", sentiu ter desaprendido a formar as palavras mais básicas e seu "oi, Mara" saiu mais trôpego do que gostaria. Do seu lado da linha, os toques da chamada não tinham acontecido. Ou ao menos não os tinha ouvido.

"O que você quer?", ela perguntou, tão firme que soou ríspida.

"Eu... Eu não achei que você fosse atender", disse, com a intenção de dizer que achou que a ligação nem começaria, se sentido idiota por ter soado como soou.

"Então por que ligou?"

Caio odiava não ter ensaiado essa conversa. Queria ao menos ter opções do que dizer, mas nem isso ele tinha.

"Eu queria te ver. Digo, queria poder conversar com você."

"Cara... Acho que a gente não tem por quê."

"Talvez eu precise..."

"Mas eu não."

Droga. Talvez tivesse sido melhor mesmo que ela não tivesse atendido. Ficaram quietos por algum tempo. Mas como ela não desligou, resolveu ser franco.

"Olha, Mara... Você tem toda a razão de estar puta comigo. Eu não tenho uma vírgula para acrescentar a isso. Mas acredite, eu me sinto culpado duma tal forma que eu não consigo nem falar direito. Sei que é pedir demais, mas queria poder conversar com você pessoalmente. Queria poder te pedir desculpas do jeito certo."

"E que jeito certo seria esse, Caio?"

Ele não soube responder.

"Passou, cara. E não importa o que você diga ou faça, não vai mudar a maneira como eu me senti. Nem vai passar uma borracha em tudo. Eu não guardo rancor de você, mas também não quero manter contato. Entendo você querer me ver, ter esse *seu* momento comigo, mas já não há nada mais aqui para mim. Se é que já houve."

Não era nem o que era dito, mas a forma como era dito. Com aquela certeza aguda. As palavras perfuravam Caio, que não sabia como se defender.

"Por favor, Mara..."

Mara pensava que quem o ouvisse implorando daquele jeito não acreditaria que até outro dia ele agia feito um dissimulado.

"Eu não sei mais o que te dizer, Caio."

"Você não poderia pelo menos pensar nessa possibilidade?"

"Não posso te prometer isso."

O que mais poderia dizer?, Caio se perguntava. Fora sincero quando disse que precisava daquela conversa. Não queria perdê-la, embora isso já tivesse acontecido. Saber disso não extinguia o desejo. Queria, a qualquer custo, tentar acertar as coisas. Apertar todos os parafusos soltos, repor os que caíram e não achava mais. Mas como convencer Mara disso?

"Mara... Eu não quero tirar a sua razão. Nem a sua certeza das coisas. Não posso, ainda mais depois de tudo, não ser honesto contigo. Eu sei que errei. Que errei feio. Nada que eu faça ou fale vai mudar isso e essa nem é a minha intenção. Mas eu não queria mesmo as coisas entre a gente desse jeito. Não queria mesmo..."

Ao perceber que Caio chorava, Mara ficou sem reação e *quase* sentiu pena dele.

"Posso te fazer uma proposta?"

"Caio..."

"Por favor, me escuta."

Mara não disse nada, só soltou um *hum*.

"Sábado eu estarei em Queimados, você sabe. Sei que você não quer, mas eu seria extremamente grato se você topasse me encontrar."

"Caio, não..."

"Por favor, me ouça... Eu não quero que você me responda agora. Eu só quero que você pense. Às cinco eu estarei no Bar da Tânia te esperando. Eu só preciso disso, dessa conversa com você. Se depois dela você nunca mais quiser ouvir meu nome,

prometo, no que depender de mim, você jamais irá ouvir. Eu só preciso disso, dessa conversa..."
"Caio...", Mara repetiu.
"Por favor, Mara. Por favor. Só prometa que vai pensar..."
E sem entender a razão pela qual fez isso, Mara disse que sim, pensaria.

Ter perdido o sono era o pior cenário que não previra. O relógio tinha acabado de bater meia-noite, mas a certeza de que não apagaria não tardou a atormentá-lo. Tentou assistir tevê, navegar pela internet, mas o foco já tinha ido para a Pampulha. Só queria se aquietar, pois estava a mil por hora. A única coisa que deu jeito nisso foi ter começado a leitura do livro que comprou há um ano. Foi o primeiro livro que tocou desde que finalmente terminou o que sua mãe havia lhe emprestado. Pelo menos, ao contrário do que fora nos últimos meses, Zé Alfredo se mostrou uma boa companhia. Enquanto lia, o gato, aconchegado ao seu lado no sofá, ronronava, ajudando-o a lidar com a noite fria.

Não sabia por que, mas queria estar bonita. Portanto, começou a se arrumar bem mais cedo do que de costume. Queria poder fazer isso calma, sem o risco de ter que correr por conta da hora. Depois que cuidou do cabelo e fez a sua rotina de *skincare*, se permitiu demorar na escolha do que vestir. Olhava atentamente para as peças de roupa sobre a cama na tentativa de externar como se sentia por dentro. Não estava triste, mas a alegria também não se fazia por perto. Reparou num feixe de luz cruzando o seu quarto. Isso a fez caminhar até a janela. O dia estava bonito e aprazível. Se debruçou sobre o parapeito e ficou namorando a rua.
Passado algum tempo, Bento latiu para ela lá de baixo. Sentiu como se ele quisesse apressá-la. Mandou língua para ele e resolveu parar de enrolar. Quando se voltou para as combinações que fez, logo pôs os olhos numa que não teve dúvidas de que usaria: uma calça reta, com uma blusa simples, mas um pouco justinha, com

um cardigã que adorava por ter um tecido mais leve. Todos em tons claros entre o azul e o branco. Depois de se vestir, colocou um bracelete de madeira largo que amava, uma correntinha de ouro e um par de brincos de palha e madeira arredondados. Até pensou em ir de cabelo solto, mas gostou do jeito rebelde dele com aquele coque frouxo. Quando pôs as sandálias e se olhou no espelho, ficou feliz com o que viu. Mas era melhor ir de uma vez. Se não se adiantasse, logo, logo se atrasaria.

Por causa do furo de Morfeu, pôs seus pés em solo queimadense já nas primeiras horas do dia. Quem ficou feliz foi Dona Alcione, que sentia saudades de tomar café da manhã, a sua refeição favorita, com o filho. Estava ansioso, mas passar aquele tempo com a sua velha foi essencial para que conseguisse controlar os nervos. Ainda faltava muito para as cinco, mas não conseguia tirar os olhos do relógio.

Jean-Michel Basquiat. Jamais havia imaginado que um dia estaria na sua presença em pleno Rio de Janeiro. Sonhava com esse encontro fazia tempos, mas os cenários eram sempre outros, mais longínquos. Teria que visitar alguma terra estranha para poder se pôr diante desse alguém cuja maneira de se expressar sempre a virava do avesso. Como seria viver isso em carne e osso?

    Ao passar pelo portão do CCBB, já era possível notar uma outra energia. Sabia que era mais pela expectativa que criara do que por algum motivo de natureza diferente, mas essa sensação era parte da experiência. Ninguém poderia dizer que não era realmente sobrenatural. Tanto que assim que avistou as primeiras obras do artista, ainda de longe, sentiu todos os seus pelos se eriçarem. Não tinha dúvidas, estava prestes a ser arrebatada.

    Não foi sem tardar. Estava mais para um ritual. A cada passo dado naquela exposição, a cada peça de arte cujo tempo do corpo em assimilá-las respeitou, foram ganhando força as ondas que a inundavam a partir do âmago. Sentia o constante dobrar e quebrar de seu interior, num *continuum*. Não demoraria para que a tempestade tomasse forma.

Conforme foi adentrando os espaços daquele infinito particular, os murmúrios da multidão que a cercavam foram se misturando e, em uníssono, começaram a chamá-la. Ela ouviu. E se deixou levar. As pinturas então começaram a se mover, correr, dançar. Costumava pensá-las como vivas, mas agora essa vida ganhava outros contornos. Sentia a violência, a dor, a solidão e o gozo dos quais aquelas telas eram feitas. Desistiu de tentar entender e apenas se permitiu sentir. Tem coisas que não é para ter explicação.

De repente se deu conta do silêncio. Seus passos ecoavam secos, como se todo aquele prédio fosse só seu. Olhou em volta e não tinha mais ninguém. Primeiro veio o medo, depois o assombro e então a catarse. Estar a sós com Basquiat era tão grave, intenso e descomunal que não teve dúvidas, nada escapava daquele tempo-espaço. Só conseguia imaginar um buraco negro. Sentia-se como se aquilo pudesse ser equivalente a estar solta pelas entranhas de um buraco negro. Então, do nada, a calmaria. Suava frio, só que sem suar. Tornou a olhar em volta e o silêncio parecia ser a sua única companhia. Havia luz apenas em seu cômodo; no que estivera ainda há pouco, apenas escuridão. Sentiu então uma respiração leve e, com todos os músculos do corpo contorcidos, se virou morosamente. Era Basquiat, que apenas a esperava. Olhava para ela com um olhar profundo. Então se virou e caminhou. Mara entendeu, se pondo naquele caminhar também.

O medo de se atrasar e pôr tudo a perder fez com que Caio chegasse na Tânia pouco depois das quatros. Com a certeza da espera, levou consigo o livro que, junto de Zé Alfredo, foi sua companhia durante a noite. Seria naquela contagem regressiva também. Pediu uma Brahma. Não tinha o hábito de beber sozinho assim em bar, mas achou que aquele era um bom momento para abrir uma exceção. De todo modo, não beberia sozinho por muito tempo. Abriu o livro e procurou os trechos que havia grifado. Todos falavam de como o universo conspira em nosso favor quando queremos muito alguma coisa. Tinha gostado daquilo. Mas mais do que isso, havia acreditado.

Quando ela enfim o alcançou, ele observava uma tela que, sozinha, ocupava uma parede inteira. Justo a que ela tinha deixado para o final naquele percurso errante e não linear que fez. De braços cruzados e com o corpo meio tombado, percorria detalhe por detalhe de sua criação. Parou ao seu lado, mas virada para ele. Girando só a cabeça, ele também se virou para ela. E como numa coreografia, ambos se viraram para a tela, negra, mas cujo dourado coroava os dois. *BACK OF THE NECK, SPINE, BRACCO.*

Cinco horas.
    Caio olhou o relógio e o estômago começou a devorá-lo por dentro. A certeza tornou-se dúvida. Fechou o livro e temeu os trovões que já começavam o seu festejar.
    Ainda de frente para a nuca, Mara olhou o relógio e deixou escapar um som curto e seco. A vida não a assustava mais.

CARA LEITORA, CARO LEITOR

A **Cachalote** é o selo de literatura brasileira do **Grupo Aboio**.

Lemos, selecionamos e editamos com muito cuidado e carinho cada um dos livros do nosso catálogo, buscando respeitar e favorecer o trabalho dos autores, de um lado, e entregar a vocês, leitores, uma experiência literária instigante.

Nada disso, portanto, faria sentido sem a confiança que os leitores depositam no nosso trabalho. E é por isso que convidamos vocês a fazerem cada vez mais parte do nosso oceano!

Conheçam nossos livros pelo site aboio.com.br e sigam nossos perfis nas redes sociais. Teremos prazer em dividir com vocês todos nossos projetos e novidades e, é claro, ouvir suas impressões para sempre aprendermos como melhorar!

Embarque e nade com a gente.

Cada livro é um mergulho que precisa emergir.

APOIADORAS E APOIADORES

Agradecemos às **293** pessoas que confiaram e confiam no trabalho feito pela equipe da **Cachalote**.
Sem vocês, este livro não seria o mesmo.
A todos os que escolheram mergulhar com a gente em busca de vozes diversas da literatura brasileira contemporânea, nosso abraço. E um convite: continuem acompanhando a Cachalote e conheçam nosso catálogo!

Adriana Alves
Adriana de Morais Pinto
Adriane Figueira Batista
Adriele Figueiredo
Alessandra Cristina Moreira
    de Magalhães
Alex Cardoso Santoa
Alexander Hochiminh
Alexandre Ramos da Silva
Aline da Silva Mota
Aline Djokic
Alvaro Luiz Ramos Cordeiro
Amanda Dib da Silva
    de Almeida Ferreira
amanda santo
Ana Beatriz Coelho
Ana Maiolini
Ana Nazareth
    Felix de Moraes
Ananda Cantarino
André Balbo

Andre Luiz Da Costa
André Pimenta Mota
Andreas Chamorro
Andreza Neves Vieira
Anna Martino
Anthony Almeida
Antonio Arruda
Antonio Marcos
    de Oliveira Filho
Antonio Pokrywiecki
Arthur Lungov
Ayrton de Castro Machado
Beatriz Monsores
Bianca Monteiro Garcia
Biblioteca Comunitária
    Vale do Tinguá
Brayan de Carvalho Bastos
Brenda Arman
Bruna de Fátima
Bruno Coelho
Caco Ishak

Caio Balaio
Caio Girão
Caio Maia
Calebe Guerra
Camila de Carvalho Santana
Camilla Loreta
Camilo Gomide
Carla Guerson
Carol Lindenberg
Carolline Neves
    de França Pacheco
Cássio Goné
Catharina
    Rodrigues Linhares
Cecília Garcia
Cinthia de Lima Alarcao
Cintia Brasileiro
Cíntia de Araújo
Claudine Delgado
Claudio Ferreira Pinto
Cleber da Silva Luz
Cristhiano Aguiar
Cristiane Viamonte
Cristina Machado
Daian Silva
Dandara Oliveira
Daniel A. Dourado
Daniel Dago
Daniel Giotti
Daniel Guinezi
Daniel Leite
Daniel Longhi
Daniel Moraes

Daniela Farias Corrêa da Silva
Daniela Rosolen
Danilo Brandao
Denise Lucena Cavalcante
Dheyne de Souza
Diana Passy
Diogo Mizael
Dora Lutz
Eduarda Rocha
    Rodrigues Passos
Eduardo Carneiro
Eduardo Rosal
Eduardo Valmobida
Enzo Vignone
Erika Ruggio
Evelin Prestes Sales
Fábio Franco
Falcão Viana
Febraro de Oliveira
Flávia Braz
Flávio Ilha
Francesca Cricelli
Francisco José
    Espasandin Arman
Frederico da C. V. de Souza
Gabo dos livros
Gabriel Araujo Corrêa
Gabriel Cruz Lima
Gabriel Sanpêra
Gabriel Stroka Ceballos
Gabriela Machado Scafuri
Gabriela Sobral
Gabriella de Oliveira Silva

Gael Rodrigues
Geovana de Sousa Giovanoni
Gercio dos Santos Junior
Giovanni Ghilardi
Giselle Bohn
Giulia Maciel Benincasa
    de Resende
Giulli Villa Nova
    de Oliveira Penido
Glicia Mamede Peclat
Guilherme Belopede
Guilherme Boldrin
Guilherme da Silva Braga
Gustavo Bechtold
Gustavo Tanus
Hanny Saraiva Ferreira
Hellen Soares
Henrique Emanuel
Henrique Lederman Barreto
Ingrid da Rocha Rodrigues
Ingrid Martins
Isabella de Araujo Mercedes
Isabella Oliveira
    Tavares de Sena
Isabelly de Souza Simões
Ivana Fontes
Jade Hodara
    Moreira Fernandes
Jadson Rocha
Jailton Moreira
Janine Sena Pereira da Silva
Jayce Di Paula
Jean Viveiros Bento

Jefferson Dias
Jéssica Alves
Jessica Ziegler de Andrade
Jheferson Neves
João Luís Nogueira
João Pedro Santos da Silva
Jonathan Bassut
Jordana Alves Araujo
Jorge Verlindo
Jorgina Fernandes da Silva
José Antônio Caju
José Antonio de
    Andrade Soares Gatti
Jucilene Braga Alves
    Mauricio Nogueira
Julia Batista De Souza
Júlia Farias
Júlia Fernandes
    Nogueira Neves
Júlia Gamarano
Julia Maia Monsores
Júlia Vita
Juliana Costa Cunha
Juliana de Souza
    Fernandes Antonio
Juliana Slatiner
Juliane Ramalho Barbosa
Júlio César Bernardes Santos
Kamylle Amorim
Kathleen Ferreira Da Silva
Laís Araruna de Aquino
Lara Galvão
Lara Gilly

Lara Haje
Laura Pinheiro Rodrigues
Laura Redfern Navarro
Leda Lopes
Leitor Albino
Leonam Lucas Nogueira
Leonardo Pinto Silva
Leonardo Quirino
Leonardo Zeine
Leticia Taets Gomes de Lira
Lili Buarque
Lissa Victória Telles Almeida
Liz Bragança
Lolita Beretta
Lorena Cristina
    Ribeiro Nascimento
Lorena da Costa Wilpert
Lorena Leal
Lorenzo Cavalcante
Lucas Ferreira
Lucas Lazzaretti
Lucas Verzola
Luciano Cavalcante Filho
Luciano Dutra
Luis Cosme Pinto
Luis Felipe Abreu
Luísa Machado
Luiz Felipp Castelano
Luiza Leite Ferreira
Luiza Lorenzetti
Luma Paula França
Mabel
Maíra Thomé Marques

Manoela Machado Scafuri
Marcela Roldão
Marcelo Conde
Marcelo Franco Ribeiro
Marcelo Monteiro
Marco Aurélio Monsores
    de Assumpção
Marco Bardelli
Marcos Vinícius Almeida
Marcos Vitor Prado de Góes
Maria de Fatima
    Espasandin Arman
Maria de Lourdes
Maria Fernanda Vasconcelos
    de Almeida
Maria Ferreira Da Conceição
Maria Inez Porto Queiroz
Maria Luíza Chacon
Mariana Donner
Mariana Figueiredo Pereira
Mariana Moreira
    Costa do Carmo
Mariana Teixeira
Marilia Pereira De Jesus
Marina Lourenço
Martina Benassi
Mateus Borges
Mateus Magalhães
Mateus Torres Penedo Naves
Matheus Picanço Nunes
Mauro Paz
Michelle Zettel
Mikael Rizzon

Milena Martins Moura
Miryam Borges
Monalisa Marques
Natacha Aquino de Carvalho
Natália de Castro
    Figueiredo Mattos
Natalia Timerman
Natália Zuccala
Natan Schäfer
Natasha Wessler
Nathalia da Silva Caetano
Nathalia Verdam Cabral
Nikko Lustosa
Nira Augusto
Otto Leopoldo Winck
Paloma Franca Amorim
Pamella Guimarães
Paola Laurindo
    do Prado Barreto
Patricia Alves de Abreu
Paula Luersen
Paula Maria
Paulo Scott
Pedro Jorge Antunes
    dos Santos
Pedro Lucca de
    Castro Moura Cruz
Pedro Torreão
Pietro A. G. Portugal
Rafael Atuati
Rafael Muraro Willimann
Rafael Mussolini Silvestre
Rafael Zacca

Rafaela Miranda
Raphaela Miquelete
Raquel Pereira Picoli
Renata Seabra Zamboni
Ricardo Kaate Lima
Ricardo Pecego
Rita de Podestá
Roberto Pereira Santos
Rodrigo Barreto de Menezes
Rodrigo Damasceno
Rodrigo Leão
Rodrigo Ratier
Rosa Maria Conceição
Rose Kelly
    dos Santos Serafim
Samara Belchior da Silva
Sara Nidian
    da Silva Oliveira
Sara Rodrigues
Sergio Mello
Sérgio Porto
Shay Marias
Sheila Cristina
Tânia Maria
Tatiana Oliveira Da Silva
Thais Fernanda de Lorena
Thais Maia Chagas
Thassio Gonçalves Ferreira
Thayná Facó
Thayna Sisnande
Thiago Schubert Lopes
Tiago Moralles
Tiago Velasco

Tuane Mello
Úrsula Antunes
Valdir Marte
Vanda Oliveira Da Guia
Vanessa Hack Gatteli
Vanessa Mello Souza
Victor Hentzy
Victoria Lacerda
Vinicius Consulmagnos Romeiro
Visão Coop
Vitor H R Marinho Neves
Weslley Silva Ferreira
Wibsson Ribeiro
Yara Santos Arman
Yvonne Miller

EDIÇÃO Camilo Gomide
CAPA Luísa Machado
REVISÃO André Balbo
PROJETO GRÁFICO Leopoldo Cavalcante

DIRETOR EXECUTIVO Leopoldo Cavalcante
DIRETOR EDITORIAL André Balbo
DIRETORA DE ARTE Luísa Machado
DIRETORA DE COMUNICAÇÃO Marcela Monteiro
EXECUTIVA DE CONTAS Marcela Roldão
ASSISTENTE EDITORIAL Gabriel Cruz Lima
GESTORA DE REDES Luiza Lorenzetti

GRUPO
ABOIO

ABOIO EDITORA LTDA
São Paulo — SP
(11) 91580-3133
www.aboio.com.br
instagram.com/aboioeditora/
facebook.com/aboioeditora/

© da edição Cachalote, 2025
© do texto Arman Neto, 2025

Todos os direitos reservados. Nenhuma parte desta obra pode ser reproduzida, arquivada ou transmitida de nenhuma forma ou por nenhum meio sem a permissão expressa e por escrito da Aboio.

Grafia atualizada segundo o Acordo Ortográfico da Língua Portuguesa de 1990, que entrou em vigor no Brasil em 2009.

Dados Internacionais de Catalogação na Publicação (CIP)
Bruna Heller — Bibliotecária — CRB10/2348

N469a
    Neto, Arman.
        Aos olhos verdes de um gato preto / Arman Neto. – São Paulo, SP: Cachalote, 2025.
        161 p., [15p.] ; 14 × 21 cm.

        ISBN 978-65-83003-58-4

        1. Literatura brasileira. 2. Romance. 3. Ficção contemporânea. I. Título.

                      CDU 869.0(81)-31

Índice para catálogo sistemático:
1. Literatura em português 869.0.
2. Brasil (81).
3. Gênero literário: romance -31

Esta primeira edição foi composta em Martina Plantijn e Adobe Caslon Pro sobre papel Pólen Bold 70 g/m² e impressa em julho de 2025 pelas Gráficas Loyola (SP).

A marca FSC® é a garantia de que a madeira utilizada na fabricação do papel deste livro provém de florestas que foram gerenciadas de maneira ambientalmente correta, socialmente justa e economicamente viável, além de outras fontes de origem controlada.

FSC MISTO
Papel | Apoiando o manejo florestal responsável
FSC® C008008